中華譯學館

莫言題 [印]

中华译学倡言倡宇与

以中华为根 译与学并重

弘扬优秀文化 促进中外交流

拓展精神疆域 驱动思想创新

丁酉年冬月 许钧撰 罗卫东书

★ 丝路夜谭 ★

十二月之神

捷克斯洛伐克民间故事

郭国良◎主编

徐 艳　蒋满仙◎选译

ZHEJIANG UNIVERSITY PRESS
浙江大学出版社

图书在版编目（CIP）数据

十二月之神：捷克斯洛伐克民间故事 / 郭国良主编；
徐艳，蒋满仙选译. — 杭州：浙江大学出版社，2021.1
（丝路夜谭）
ISBN 978-7-308-20789-8

Ⅰ. ①十… Ⅱ. ①郭… ②徐… ③蒋… Ⅲ. ①民
间故事-作品集-捷克斯洛伐克 Ⅳ. ①I514.73

中国版本图书馆CIP数据核字（2020）第225046号

十二月之神：捷克斯洛伐克民间故事

郭国良　主编

徐　艳　蒋满仙　选译

出 品 人	褚超孚
总 编 辑	袁亚春
策 　 划	张　琛　包灵灵
责任编辑	诸葛勤
责任校对	徐　旸
封面设计	周　灵
出版发行	浙江大学出版社
	（杭州市天目山路148号　邮政编码310007）
	（网址：http://www.zjupress.com）
排 　 版	杭州兴邦电子印务有限公司
印 　 刷	浙江省邮电印刷股份有限公司
开 　 本	889mm×1194mm　1/32
印 　 张	6
字 　 数	111千
版 印 次	2021年1月第1版　2021年1月第1次印刷
书 　 号	ISBN 978-7-308-20789-8
定 　 价	28.00元

总　序

　　对外交流是当今各国各民族谋求合作共赢的必要途径，是维护世界和平与发展的重要保障，也是持续推动人类文明进步的不竭动力。2000 多年前丝绸之路的开辟，直接推动了中外文明的交流，为人类文明互鉴做出了不可磨灭的贡献。丝绸之路连接各方的交通要道，跨越各地的江河湖海，沿途不同的民族、种族、宗教、文化得以交汇、融合，从而架起了人类合作交流的桥梁。

　　"青山一道同云雨，明月何曾是两乡。"长期以来，在丝路精神的影响下，各国人民在频繁往来中结下了深厚的情谊，文化交流成为推进友好往来的坚实基础。民间传统文化以传播和交流形式丰富多样、内容生动活泼、贴近现实生活等特点受到各国人民的欢迎和喜爱。其中，神话、传说、童话因流传范围甚广、内容通俗易懂、蕴含朴素情感、颇能打动人心而成为中外文化交流的重要内容，为文化融合和文明互鉴开拓了独特的路径。正如季羡林先生所说，"在国与国之间，洲与洲之间，最早流传的而且始终流传的几乎都是来源于民间的寓言、童话和小故事"[1]。重视并发挥民间故事在中外交流中的积极作用，将有效增进各国人民之间的联系和互动，为构建人类命运共同体添砖加瓦。神话、传说、童话是民间传统文化的重要组成部分，它们不仅承载了劳动人民的知识、经验、情感、智慧，更凝结了各民族文化的优秀基因，积淀了各民族共同的价值追求，为各民族文化的发展壮大提供了丰厚滋养，也为后人留下了一笔笔宝贵的精神财富。与此同时，神话、传说、童话能够从侧面反映各国在政治、经济、历史、地理、宗教信仰等方面的变迁，为学术研究提供重要的背景资料和素材。本译丛比较集中地展示了一些国家的民间故事，为增强我国读者对这些国家的了解打开了一扇窗户，也为我们借鉴、学习别国优秀传统文化提供了一个渠道。

通过阅读其他国家的神话、传说、童话，我们能够发现这些国家与中国在文化上既存在悠久的历史渊源，也存在明显的差异。它们最初以口口相传的形式在不同群体、民族、国家之间进行传播。在此过程中，能够反映人们共同情感和价值观念的核心要素得以保存下来，但是受到本民族特有文化的影响，这些民间传统文化也

---

① 季羡林. 比较文学与民间文学. 北京:北京大学出版社,1991:1.

不可避免地出现变形和置换，形成各种各样的异文。我们应该本着"求同存异"的原则，发掘中外文化中的殊途同归之处，尊重不同民族的特点，积极助推中外文化交流与互学互鉴。

中华译学馆组织编选、翻译的"丝路夜谭"译丛，收录的神话、传说、童话既注重意义内涵，也彰显艺术价值。在主题上，有的劝善戒恶，有的蕴含哲理；在内容上，有的叙述勇敢正义的冒险，有的描写纯洁美好的爱情；在风格上，有的清新质朴，有的风趣幽默；在表现形式上，有的平铺直叙，有的借物喻人；在故事情节上，有的简单精练、寓意明显，有的跌宕起伏、扣人心弦。正如荷马史诗等古希腊文学作品开创了西方文学的源流，女娲造人、精卫填海等上古神话开辟了中国文学的疆域，神话、传说、童话在很大程度上启发了世界各国的文学传统。在世界文学这个千姿百态、争奇斗艳的大花园中，神话、传说、童话恰似一朵朵奇葩，它们不应孤芳自赏，而应散发出更加迷人的光彩、吸引更多关注的目光。希望本译丛能够让更多的读者发现它们、了解它们、喜爱它们，在细细品味中领略它们的独特价值和魅力。

需要说明的是，由于神话、传说、童话中也包含了古代人对天地宇宙、自然万物、部族战争、劳动生活等方面的夸张想象或稚拙解说，我们在移译中尽可能保留其内容的原始性，以反映作品的真实性，相信睿智的读者定能甄别鉴辨。

郭国良

2020年5月于杭州

前　言

　　本书中的故事均来自捷克斯洛伐克①的民间传说。有些故事——比如优美流畅的《十二月之神：玛鲁施卡和坏女孩海伦娜》、充满活力的《金发公主左拉托芙拉丝卡：厨师伊瑞克与魔蛇》，还有体现英雄主义的《英雄少年维塔兹科：屠龙英雄之母爱上恶龙》——早已成为家喻户晓的经典，自诞生之日起就已经无可挑剔。

　　现在我们阅读的故事还有许多是从德语或法语转译而来。这些翻译作品存在两极分化的问题——有些译文枯燥乏味，完全丧失了斯拉夫民族的浪漫色彩；另一些又过于花里胡哨，一味地堆砌辞藻。因此，本书根据各种原始来源重新翻译讲述了这些故事。

　　书中绝大部分故事在其他国家都衍生出各个不同版本。例如，《格林童话》中的《白蛇》就是由《金发公主左拉托芙拉丝卡：厨师伊瑞克与魔蛇》衍生而来。本书

---

　　① 译者注：因原书成书于捷克与斯洛伐克为同一国家的时候，所以书中均称"捷克斯洛伐克"。

的主要原则是挑选那些在其他语言国家还没有成为经典的故事。不得不承认的是，《白蛇》这个故事已经为大众熟知，但之所以打破原则选择重述它，是因为斯拉夫语版本的故事比《白蛇》更美。

《格林童话》中还有很多故事都是来自捷克斯洛伐克的民间故事，比如《熊皮人》（来自《魔鬼的小连襟：找不到工作的年轻人》）、《聪明的农家女》（来自《聪明的曼卡：慧心妙舌的女孩》）、《桌子、金驴和棍子》（来自《魔鬼的礼物：与魔鬼交友的人》）、《死神教父》（来自《生命之烛：一对父子与死神教母》）、《拉斯廷老兄》（来自《鞋匠的围裙：坐在金门边的人》）。这些故事的主体情节相同，但是故事背景和主旨立意各有不同，而这些不同点恰恰体现了日耳曼民族和斯拉夫民族的差异。与斯拉夫语版本比起来，德语版的故事少了一丝趣味性，语言上也没那么纯净。

大多数情况下，德语版和斯拉夫语版的故事可以追溯到一些早期的共同来源。以本书中《聪明的曼卡：慧心妙舌的女孩》和德语版的《聪明的农家女》为例，前者在捷克斯洛伐克人民中广受欢迎，人们认为这个故事体现了他们独有的民间智慧和幽默，事实也的确如此。但是，若要因此确定这个故事何时开始在民间流传，未免有些草率。在当时影响广泛深远的犹太法典《塔木德》中，《聪明的曼卡：慧心妙舌的女孩》结尾的点睛之

处就曾出现过。另一个在斯拉夫民族中颇受欢迎的故事
《"温柔的朵拉"：魔鬼娶了泼妇》，讲述了一个魔鬼与
他的泼妇妻子的故事，而《塔木德》中的死神亚兹拉尔
也娶了一个悍妇。现在的民间故事集中，很多故事经常
只是把关于亚兹拉尔的故事情节进行不同的排列组合。
比较民俗学研究了各种不同版本的民间故事，发现它们
都有一个共同的特点——都带有讲述者的个人印记。《塔
木德》中关于死神亚兹拉尔的故事是用希伯来语讲述
的，因此具有鲜明的希伯来民族的风格。而同一个故事
通过人们代代相传，最终就演变成了《"温柔的朵拉"：
魔鬼娶了泼妇》《生命之烛：一对父子与死神教母》这样
的故事，它们最终在故事的背景、幽默风趣的叙述风
格、奇幻的想象等方面都具有强烈的斯拉夫风格。

　　本书包含了一系列令人喜爱的儿童故事、动物故
事、魔鬼故事等等，既生动有趣，又富有哲理。这些精
彩绝伦的故事有力地证明：斯拉夫民族拥有一批独具天
赋的民间故事大师。

目　录

十二月之神：玛鲁施卡和坏女孩海伦娜

从前有一个妇人，她有两个女儿，一个是亲生的，另一个则是继女。她十分疼爱亲生女儿海伦娜，却对继女玛鲁施卡冷眼相对，因为继女比她的亲生女儿美丽多了。可怜的玛鲁施卡压根儿不知道自己有多漂亮，也不明白为什么每当她和海伦娜站在一起时，继母总是眉头紧锁。

这对母女把所有的家务活都丢给了玛鲁施卡。她要煮饭、洗衣、缝纫、纺纱，还要打理花园和照看奶牛。海伦娜则恰恰相反，她把很多时间都花在打扮自己上，其余的时间就像贵妇一样闲坐着。

玛鲁施卡从不抱怨。继母和姐姐让她做什么她都照做，对于她们一直以来的挑刺找茬也都包容忍耐。虽然每天工作繁重，她却出落得越发美丽。相反，海伦娜虽然过着慵懒的生活，却长得越来越丑陋。

"这样可不行，"继母在心里暗暗盘算，"很快小伙子们就要来求爱了。一旦他们看见这么漂亮的玛鲁施卡，

玛鲁施卡和海伦娜

就根本不会注意到我的海伦娜了。我得想个办法把她赶
出去。"

她们整天在玛鲁施卡的耳边抱怨，不断增加她的工
作量，克扣她的食物，有时甚至还殴打她，想尽了一切

办法让她变丑。但是一切都是徒劳，尽管受尽了虐待，玛鲁施卡依然出落得越来越美丽动人。

一月中旬的一天，海伦娜突然想在连衣裙上别上一束紫罗兰。

"玛鲁施卡！"她厉声命令道，"我想要一束紫罗兰，你快去森林里给我摘一些回来。"

"天哪，姐姐！"可怜的玛鲁施卡哭着问道，"你怎么突然想要紫罗兰了？一月份的雪地里怎么可能有紫罗兰呢？"

"你这个懒丫头，你说什么！"海伦娜大叫道，"竟然敢跟我顶嘴！你现在就去，如果不带着紫罗兰回来，你就死定了！"

继母站在海伦娜身边，一把抓住了玛鲁施卡的肩膀，把她推到门外，然后砰的一声关上了门。

可怜的玛鲁施卡流着泪慢慢地爬上山坡。举目四望，周围全是皑皑白雪，没有任何人类或野兽的踪迹。她漫无目的地走啊走，饥肠辘辘，冻得直发抖。

"亲爱的神，"她祈祷着，"把我带走吧，让我远离尘世的痛苦折磨。"

突然，前方出现了一道耀眼的光芒。她挣扎着往前走，最后发现这束光来自山顶上一堆燃烧着的篝火。篝火的周围散布着十二块石头，有一块特别高大。每块石头上都坐着一个男人。其中三个须发皆白，已是暮年；

三个处于老年；三个正值中年；还有三个是年轻帅气的小伙子。这十二个人静静地凝视着篝火，一言不发。他们正是主宰十二个月份的神。

玛鲁施卡很害怕，迟疑了片刻，然后走上前礼貌地问道："善良的先生们，请问我可以在你们的篝火旁取暖吗？我现在冷得直发抖。"

一月之神点了点头，于是玛鲁施卡伸出冻得僵硬的手烤火。

"孩子，这不是你应该来的地方，"一月之神问道，"你怎么会到这儿来？"

"我来找紫罗兰。"玛鲁施卡告诉他。

十二月之神的篝火

"紫罗兰？地上的积雪还没融化呢，现在可不是紫罗兰生长的季节！"

"先生，我当然知道。但我的姐姐海伦娜说，如果我不能从森林里带一些紫罗兰回去，她就会杀了我，就连母亲也是这么说的。所以先生，请问您知道哪里有紫罗兰吗？"

一月之神缓缓地站起来，蹒跚着走到最年轻的三月之神面前，把一根长长的权杖递给他，说道："三月，你坐到最高的石头上去。"

于是三月之神坐到了最高的石头上，然后开始在火焰上挥动权杖。顷刻间，火焰开始熊熊燃烧，四周的积雪也开始融化。树枝绽出新芽，草地恢复生机，雏菊也绽放出了粉色的嫩芽。快看，春天来啦！

玛鲁施卡看见紫罗兰开始从绿叶之间探出头来，蓝色的花儿一朵接着一朵，像是在大地上铺了一层蓝色的被子。

"玛鲁施卡，"三月之神大声提醒道，"现在有紫罗兰了，快摘下它们！"

玛鲁施卡喜出望外，赶紧弯下腰去采了一大束。她真诚地感谢了这些月份之神，向他们道别之后就匆匆往回赶。

海伦娜和继母看到玛鲁施卡捧着一大束紫罗兰踏雪而归，都惊呆了。开门的一瞬间，花香在整间屋子里弥漫开来。

"你在哪里找到的这些花？"海伦娜粗鲁地质问道。

"在高高的山上，"玛鲁施卡告诉她，"山顶上开满了紫罗兰。"

海伦娜抓起一把紫罗兰，把它们别在了腰间。整个下午她一直在嗅花朵的芳香，还邀请母亲一起欣赏，但却从未对玛鲁施卡说过一句："亲爱的妹妹，你想闻一下紫罗兰的花香吗？"

第二天，海伦娜闲适地坐在炉角，突然想吃草莓。她把玛鲁施卡叫过来，命令道："你，现在去森林里给我摘些草莓来。"

"天哪，姐姐，"玛鲁施卡哭诉道，"这个时候哪里有草莓？雪地里怎么可能长出草莓呢？"

"你这个懒丫头，你说什么！"海伦娜大叫道，"竟然敢跟我顶嘴！你现在就去，如果不带着草莓回来，你就死定了！"

跟上次一样，继母站在海伦娜身边，粗暴地抓住她的肩膀把她推出门外，然后砰的一声关上了门。

可怜的姑娘再次哭泣着慢慢爬上山坡，四周全是皑皑白雪，没有任何人类或者野兽的踪迹。玛鲁施卡饥肠辘辘地在雪地里走啊走，冷得直发抖。突然间她看见了跟昨天一模一样的那堆篝火，她开心地跑过去。十二位月份之神坐在原位，一月之神仍然坐在最高的石头上。

玛鲁施卡向他们鞠了一躬，礼貌地询问道："善良的先生们，请问我可以在你们的篝火旁取暖吗？我现在冷得直发抖。"

一月之神点了点头，于是玛鲁施卡伸出冻得僵硬的手烤火。

"玛鲁施卡，"一月之神问道，"你怎么又来了？这次你想找些什么呢？"

"我来找草莓。"她回答道。

"草莓？孩子，现在是冬天，雪地里可长不出草莓。"

玛鲁施卡伤心地摇摇头，说："我也知道，可是我的姐姐海伦娜说，如果我不带些草莓回去，她就会杀了我，就连母亲也是这么说的。所以先生，请问您知道哪里有草莓吗？"

一月之神缓缓地站起来，蹒跚地走到对面的六月之神面前，把权杖递给他，说："六月，你坐到最高的石头上去。"

于是六月之神坐到了最高的石头上，然后开始在火焰上挥动权杖。顷刻间，火焰开始熊熊燃烧，四周的积雪也开始融化。大地一片绿意盎然，树上枝叶繁茂，鸟儿们正在放声歌唱，各色的鲜花也都盛开了。快看，夏天来了！很快，山毛榉树下长出了星星点点的白色小花。它们又长成了小小的果实，从嫩绿色，到粉色，再到红色，玛鲁施卡亲眼看着它们长成了成熟的草莓，惊喜地屏住了呼吸。

"玛鲁施卡，"六月之神叫她，"现在有草莓了，快摘下它们！"

玛鲁施卡摘了满满一围裙的草莓。她再次真诚地感谢了月份之神，向他们道别之后就匆匆往回赶。

海伦娜和继母看见玛鲁施卡带着一围裙的草莓回家，又一次惊呆了。门一打开，草莓的香气弥漫在整个屋子里。

"你在哪里找到的草莓？"海伦娜粗鲁地质问道。

"在高高的山上，"玛鲁施卡告诉她，"山毛榉树下长满了草莓。"

海伦娜狼吞虎咽地吃了一大把草莓，剩下的都被继母吃完了。她们从未对玛鲁施卡说过一句："来，玛鲁施卡，你也吃一颗。"

第三天，海伦娜照旧慵懒地坐在炉角，突然想吃红苹果。她把玛鲁施卡叫过来，吩咐道："你，现在去森林里给我摘些红苹果来。"

"可是姐姐，"玛鲁施卡惊讶地倒吸一口气，"现在是冬天，我要到哪里去找苹果呢？"

"你这个懒丫头，你说什么！"海伦娜大叫道，"竟然敢跟我顶嘴！你现在就去，如果不带着红苹果回来，你就死定了！"

继母站在海伦娜身边，抓住了玛鲁施卡的肩膀，再一次把她推出去，然后砰的一声关上了门。

于是这个可怜的姑娘再一次来到了森林里。四周白雪皑皑，没有任何人类或野兽的痕迹。这一次，玛鲁施卡直接跑到了山顶。十二位月份之神依旧坐在原位。玛鲁施卡鞠了一躬，然后礼貌地问道："善良的先生们，请问我可以在你们的篝火旁取暖吗？我现在冷得直发抖。"

一月之神点了点头，于是玛鲁施卡伸出冻得僵硬的手烤火。

"你怎么又来了，玛鲁施卡？"一月之神问道，"这次你想找些什么呢？"

"找红苹果，"玛鲁施卡说，"我姐姐海伦娜说，如果我不能从森林里带些红苹果回去，她就会杀了我，就连母亲也是这么说的。所以先生，请问您知道哪里有红苹果吗？"

一月之神缓缓起身，蹒跚地走到另一位年长的月份之神面前，把权杖递给他，说："九月，你来坐到最高的石头上。"

于是九月之神坐到了最高的石头上，开始在火焰上挥动权杖。火焰猛烈地燃烧着，迸发出红色的光芒。突然间，积雪消失了。周围的田野金灿灿的，泥土十分干燥，地上一点积水都没有。一片片树叶从树梢飘落，凉爽的秋风把它们吹到了刚收割过还留着残梗的田地里。大部分花儿都已经凋谢了，只剩下山坡上的野紫菀、山谷里的秋水仙，以及山毛榉树下的蕨类和常春藤。玛鲁施卡看见了一棵苹果树枝头挂满了沉甸甸的红苹果。

"玛鲁施卡，"九月之神提醒道，"现在有红苹果了，快摘下它们！"

玛鲁施卡伸手摘下一个苹果，然后又摘下第二个。

"够了，玛鲁施卡，"九月之神说道，"不要再摘了！"

玛鲁施卡立即停了下来。然后她真诚地感谢了月份之神，向他们道别之后就匆匆往回赶。

海伦娜和继母看见玛鲁施卡手捧着两个红苹果踏雪而归，更惊诧了。她们打开门让她进来，一把夺过了苹果。

"你从哪里找到的苹果？"海伦娜再次质问。

"在高高的山上，那里长满了苹果。"

"这么多苹果！你却只给我们带了两个！"海伦娜愤怒地叫道，"是不是你在回来的路上偷吃了？"

"没有，没有，姐姐，我一个也没吃，"玛鲁施卡辩解道，"我真的一个也没吃。他们只允许我摘两个，然后就叫喊着让我不要再摘了。"

"真希望闪电劈死你！"海伦娜冷笑着说，"我现在真想揍你！"

骂了一会儿之后，贪吃的海伦娜吃了一个苹果。苹

玛鲁施卡伸手摘下一个苹果

果的味道十分甜美，甚至比她之前吃过的所有食物都美味。继母吃了之后也是赞不绝口。吃完这两个苹果之后，她们又想要更多。

"妈妈，"海伦娜说道，"把我的毛皮斗篷拿来，我要亲自去一趟山上。叫那个懒丫头去没用，她总是在路上偷偷把苹果吃完。等我找到那棵树，想摘多少就摘多少，我倒要看看谁敢阻拦我！"

她的母亲劝她不要在这么冷的天外出，但是海伦娜心意已决，非去不可。她披上斗篷，用方巾包住头，往山的那边出发了。

四周白雪皑皑，没有任何人类或者野兽的踪迹。海伦娜在雪中艰难地前进，执意要找到那些美味可口的苹果。最后，她看见前方有一束光，又往前走了一段路，才发现那是十二位月份之神的篝火。

起初海伦娜有点害怕，不过很快胆子就大了起来。她用手肘推开这些月份之神，连一句"请让一下"都没说就径直走到火堆旁，连个招呼也没打就伸出手烤火。

一月之神皱起眉头。

"你是谁，"他低沉地问道，"来找什么？"

海伦娜瞪着他，粗鲁地回答："你这个蠢老头，你管我是谁！我想找什么跟你没关系！"

她傲慢地扬起头，转身走进了森林里。

一月之神的眉头皱得更深了。他缓缓起身，把权杖举过头顶挥动几下。篝火熄灭了。随后天空暗了下来，山上刮起了一阵刺骨的寒风，雪越下越大，看起来就像天上有人撕破了羽绒被往下倒一样。

海伦娜再也无法看清眼前的路。她挣扎着往前，但是时不时撞上树干，偶尔还会掉进雪堆里。尽管穿着厚厚的斗篷，她的四肢还是渐渐变得麻木无力。雪依然在下，刺骨的寒风也依然在呼呼地吹。

在生命的最后时刻，海伦娜是否因为残忍对待玛鲁施卡而感到一丝后悔？不，她没有。相反，越冷她就越怨恨玛鲁施卡。

与此同时，海伦娜的母亲正在家中焦急地等待。她一直站在窗边，最后实在忍不住走到门口，试图透过茫茫大雪看到女儿。她左等右等，但是海伦娜一直没有回来。

"噢，我亲爱的孩子，到底是什么让她耽搁了这么久？"她在心里思忖，"是不是因为苹果太好吃，所以不想回来了？到底怎么回事？我得亲自去找她。"

于是她也穿上毛皮斗篷裹上头巾出发了。

她大声叫道："海伦娜！海伦娜！"但是没人回应。

她挣扎着爬上山坡，四周白雪皑皑，没有任何人类或野兽的踪迹。

"海伦娜！海伦娜！"

还是没有回应。

雪下得很大，寒风呼啸。

玛鲁施卡在家里准备晚餐，照顾奶牛。海伦娜和继母都没有回来。

"这么久了她们怎么还不回来呢?"她想。

一个人吃完晚餐后，她就坐着纺线。天色渐渐暗了，纺线杆都绕满了，海伦娜和继母还是没有回来。

"天哪，到底是什么让她们耽搁了这么久?"玛鲁施卡着急地哭着。她一直从窗户向外看，看看她们回来了没有。

暴风雪终于停了，狂风也渐渐远去。大地一片银装素裹，夜空星光闪烁。举目望去一个生灵也没有。玛鲁施卡跪在地上虔诚地为姐姐和母亲祈祷。

第二天一早，她还是照旧为她们准备了早餐。

"她们一定又冷又饿。"玛鲁施卡想。

她等了很久，但是她们始终没有回来。到了晚上，玛鲁施卡又准备了晚餐，但她们仍然没有回来。事实上，海伦娜和继母永远不会回来了，因为她们都被冻死在山上了。

于是善良的姑娘玛鲁施卡继承了农庄、花园和牲畜。后来她嫁给了一个农夫，农夫对她很好，他们一起过着幸福的生活。

金发公主左拉托芙拉丝卡：
厨师伊瑞克与魔蛇

　　曾经有一位老国王十分智慧，能听懂世界上所有动物的语言。事情的起因是这样的，有一天一位老妇人找到老国王，送给他一条装在篮子里的蛇。

魔蛇

她告诉国王："只要你把这条蛇煮了，像吃鱼肉一样吃掉它，你就能听懂天上的鸟儿、地上的野兽、海里的鱼儿在说什么。"

国王大喜。他重赏了这位老妇人，并立即命令一位叫伊瑞克的年轻厨师把这条"鱼"做成晚餐。

"记住了，伊瑞克，"他严肃地命令道，"你只能做菜，但不能试吃，一口都不行！如果你偷尝了，我就砍你的脑袋！"

伊瑞克觉得这个命令很奇怪。

"一个厨师连自己做的菜都不能尝，那还算什么厨师？"他心想。

当他打开篮子看见食材就更觉得奇怪了。

"呃，这看起来不像鱼，倒是像条蛇。"伊瑞克喃喃道。

他把这条蛇放在火上炙烤，翻面的时候尝了一口，味道很好。正当他准备尝第二口的时候，耳边突然出现了一阵嗡鸣，一个细小的声音叫道："给我吃一点吧！给我吃一点吧！"

伊瑞克环顾四周想找出是谁在说话，但是厨房里并没有其他人。只有一群苍蝇嗡嗡作响。

此时厨房外响起了一个嘶嘶声："我们到哪儿去？我们到哪儿去？"

一个更尖厉的声音回答道："到磨坊主的麦地去！到

磨坊主的麦地去!"

伊瑞克从窗户向外看,外面是一只雄鹅领着一群雌鹅。

"哦嚯!"他摇了摇头,恍然大悟地说,"我知道了!我知道这条'鱼'是什么了!我知道为什么国王不让我试菜了!"

他囫囵吞下第二块蛇肉,然后把整条蛇放进一个大浅盘里,搭配上饰菜,呈给国王。

晚餐用毕,国王命令伊瑞克与他骑马散步。他走在前面,伊瑞克紧跟在后。

他们骑马绕着一片青草地慢跑时,伊瑞克的马儿突然开始腾跃嘶鸣。

"嘶!嘶!"它说道,"我感觉浑身轻松,甚至可以轻易地跃过一座高山。"

国王所骑的那匹马也不甘示弱道:"我也可以,只不过我得时刻注意我背上坐着的这把老骨头。如果我跳起来,他很可能会跌下来摔断脖子。"

"那样正好!"伊瑞克的马儿回答道,"如果他摔死了,你刚好可以换一位像伊瑞克这样年轻的主人,何乐而不为呢?"

伊瑞克听着它们的对话差点笑出声来,但是他努力忍住了笑意,以防国王察觉出来他偷吃了那有魔力的蛇肉。

　　当然，国王也听懂了马儿的对话，他不安地偷瞥伊瑞克，发现他好像在咧嘴笑。

　　"伊瑞克，你在笑什么呢?"

　　"我? 我没有笑，我只是突然想到了一些有趣的事。"

　　"嗯……"国王对他的回答半信半疑。他再也不敢信任自己的马，立刻掉头回了皇宫。

马儿突然开始腾跃嘶鸣

回去之后他命令伊瑞克为他倒一杯红酒。

"我警告你，要是你胆敢多倒一滴或者少倒一滴，你就等着掉脑袋吧！"

伊瑞克小心翼翼地将盛满酒的大酒杯倾斜，开始往高脚杯里倒酒。在他倒酒的过程中，一只嘴里叨着三根金发的鸟突然从窗户飞了进来，后面紧跟着另一只鸟。

"给我！把金发给我！那是我的！"后面的那只鸟尖叫着。

"不！我才不给！这是我的！"第一只鸟反驳道，"这明明是我先捡到的！"

"虽然是你捡的，但是我先看见的！"另一只又叫道，"我看见那个少女坐着梳理长发的时候，这三根金发飘落了下来。给我两根，第三根你可以自己留着。"

"不可能！你一根都别想要！"

第二只鸟愤怒地冲向前一只，一阵厮打之后成功抢到了一根金发。还有一根掉到了大理石地板上，落地的瞬间发出了清亮的叮当声。第一只鸟不敌对手，只能匆匆逃跑，飞走的时候嘴里还紧紧叨着唯一的一根金发。

伊瑞克津津有味地围观着这场争斗，全然忘记了国王的警告，红酒已经溢出了高脚杯。

"哈哈！"国王大笑道，"看看你做的好事！你要掉脑袋了！但是如果你能找到这个金发少女，把她带来跟我结婚，我就考虑饶了你。"

可怜的伊瑞克不认识这个少女，更无从得知她的住处。但他又能说些什么呢？如果他想保住性命，只能遵从国王的命令。他立即给马套上鞍，随便选了个方向就出发了。

伊瑞克途经一片森林，森林里有一丛被牧羊人点燃的灌木。灌木燃烧的火星落到了附近一座蚁丘上，惊慌的蚂蚁们搬着蚁卵四下逃窜。

"伊瑞克！"它们哭叫着，"救救我们！我们和孩子们快被烧死了！"

伊瑞克立刻下马砍断了燃烧的灌木并熄灭了火焰。

"太感谢你了，伊瑞克！你会为今天的善行得到好报的。如果你日后遇到困难，记得来找我们，我们一定会倾力相助。"

伊瑞克继续在森林中穿行，他看见两只羽翼未丰的乌鸦正躺在路边奄奄一息。

"救救我们，伊瑞克！"乌鸦们呱呱叫道，"我们的巢在远处那棵高高的冷杉树上，爸爸妈妈为了让我们自力更生就把我们从树上扔了下来。但是我们太幼小太无助了，还没有学会飞翔。请你给我们一点肉吧，我们要饿死了。"

一看见这两只可怜的幼鸟，伊瑞克深感同情。他立刻下马，拿出自己所有的干粮，把它们分给这两只饥肠辘辘的乌鸦。

"太感谢你了，伊瑞克！你救了我们，你会为今天的善行得到好报的。如果你日后遇到困难，记得来找我们，我们一定会倾力相助。"

伊瑞克告别了这两只小乌鸦，继续前行。这条林中小路曲折漫长，让人精疲力竭。终于走出了森林，小路的尽头是一片海滩。

海滩上两位渔民正在为了一条大鱼争吵，这条鱼浑身长着金色的鳞片，正躺在沙滩上挣扎着喘气。

"这条鱼是我的！"其中一个人大声喊道，"这是在我的渔网里捕到的，当然应该是我的！"

"但如果不是坐着我的渔船，没有我的帮忙，就靠你的渔网永远也捕不到这么大的鱼！"另一个人也不甘示弱，大叫着吼回去。

"这条鱼归我，下次捕到的鱼归你。"第一个人说。

"不！下一条归你，这条归我！"

他们一直争论不休，直到伊瑞克走过去对他们说："让我来做个定夺吧。不如你们把这条鱼卖给我，钱你们俩平分。"

他把国王赐予的所有差旅费都给了他们。两位渔民一听就欢天喜地地同意了。伊瑞克把钱递给他们，捡起这条快要窒息的鱼，把它扔回了海里。

这条鱼到了海里又可以自由呼吸了，它跳到一朵浪花上对伊瑞克大喊道："太感谢你了，伊瑞克！今天你救了我的命，你会为今天的善行得到好报的。如果你日后遇到困难，记得来找我，我一定会倾力相助。"

说完这条金色的鱼儿甩了甩尾巴，消失在海里。

"伊瑞克，你要去哪里？"渔民们问道。

"我正在寻找一位金发少女，我的国王希望能娶她为妻。"

"他说的一定是左拉托芙拉丝卡公主。"渔民们对视一眼说道。

"左拉托芙拉丝卡公主？"伊瑞克重复了一遍，"她是谁？"

"她的父亲是住在水晶宫的国王。你看见远处那座海岛了吗？她就住在那儿。国王有十二个女儿，但只有左拉托芙拉丝卡的头发是金色的。每天清晨都会有一道耀眼的光芒洒在海岛和水面上，那是左拉托芙拉丝卡在梳理她的金发。"

两位渔民商量了一下，说道："伊瑞克，你帮我们解决了分歧，作为回报，我们可以划船送你到海岛上去。"

他们把伊瑞克送到了水晶宫，离开时提醒他，国王可能会让其他黑发公主来假扮真正的金发公主，千万别被骗了。

伊瑞克立即觐见国王并表明了来意。

"你是说你的主人想要求娶我的女儿左拉托芙拉丝卡公主，是吗？"国王问道，"嗯……我并不反对你的主人做我的女婿，但是在我把公主托付给你之前，你要先证明自己的能力。我将交给你三个任务，第一个任务就安排在明天，你做好准备。"

第二天一早，国王就对伊瑞克说："我的女儿左拉托芙拉丝卡有一串宝贵的珍珠项链。有一次当她在远处的那片草地上散步时，项链突然断开，珍珠全都滚落到茂盛的草丛里去了。你的第一个任务就是在天黑之前找到所有的珍珠，把它们交给我。"

当伊瑞克来到那片广袤的草地，看见又高又茂密的草丛时，他的心一下子沉到了谷底，他意识到自己不可能在一天之内找到所有的珍珠。但是他还是趴到地上开始用双手摸索。

直到中午他一颗珍珠也没找到。

"天啊，"伊瑞克绝望地想，"要是我救过的那群蚂蚁在这里就好了，它们会帮我的。"

话音刚落，无数个小小的声音回答道："我们在这里，我们来帮助你了！"

是它们！他还以为它们离他很遥远呢！

"你想让我们做什么呢？"蚂蚁们问道。

"请帮我找到所有散落在草丛里的珍珠，我一颗也没找到。"

听了这话，蚂蚁们立刻四散开来。很快它们就把一颗颗珍珠带到了伊瑞克面前。伊瑞克把所有的珍珠串起来，直到它们看起来像一根完整的项链。

"还有珍珠吗？"

他正准备把项链系起来，这时一只曾在火中被烧伤脚的蚂蚁一瘸一拐地走过来，大叫："等一下，伊瑞克，先别系！这里还有最后一颗珍珠！"

伊瑞克向蚂蚁们道了谢，在太阳下山的时候把珍珠项链交给了国王。国王清点了珍珠之后发现一颗不少，十分惊讶。

"你做得很好，"他夸赞道，"明天我会交给你第二个任务。"

第二天，国王告诉伊瑞克："我的女儿左拉托芙拉丝卡在海里洗澡时，一枚金戒指从她的手指上滑落，消失不见了。你的任务就是在天黑之前替我找到这枚戒指。"

伊瑞克心情沉重地沿着海边漫步，他知道这个任务相当困难。海水虽然澄澈，但却深不见底。怎样才能找到戒指呢？

"天啊，"他大声地说道，"要是那条金色的鱼儿在这里就好了！它会帮我的。"

"我在这里，"一个声音说道，"我来帮助你了。"

那条金色的鱼儿正在浪峰上翻腾着，身上的鳞片闪烁着火焰一样的光芒。

"你想要我做什么？"鱼儿问道。

"帮我找到一枚沉在海底的金戒指。"

"啊，金戒指？刚刚我还看见一条梭子鱼叼着一枚金戒指。你在这里等我一下，我去找它。"

过了一会儿，金色的鱼儿带着那条梭子鱼回来了，梭子鱼叼着的正是伊瑞克要找的那枚金戒指。

那天晚上国王认可了伊瑞克完成的第二个任务。

第三天，国王又吩咐道："要想带走我的女儿，你必须先找到两瓶水，一瓶生命之水和一瓶死亡之水，把它们献给公主。这就是我给你的第三个任务。"

伊瑞克不知道该往哪里去。他曾听说过生命之水和死亡之水，但是他只知道这些水的源头在红海的另一边，离这儿远着呢。他离开了水晶宫，漫无目的地走进了一片黑暗的森林里。

"要是那两只小乌鸦在这里就好了，它们会帮我的！"

就在这一刻他听见了两声响亮的"呱！呱！"那两只乌鸦飞到了他面前，说："我们在这里！我们来帮你了！你想要我们做什么呢？"

"国王让我找到一瓶生命之水和一瓶死亡之水，但是我不知道它们的源头在哪里。你们知道吗?"

"我们知道，"乌鸦们回答道，"你在这里等一下，我们会把水带回来的。"

它们飞走了，很快就各带着一瓢水回来了。

伊瑞克向它们道了谢，小心翼翼地把水分别装进了两个瓶子里。

正当伊瑞克准备离开森林时，他看见了一张巨大的蜘蛛网。网中央一只丑陋可怕的蜘蛛正要把一只苍蝇卷进嘴巴里。伊瑞克倒出一滴死亡之水，把它洒到了蜘蛛身上。蜘蛛立刻蜷缩着死掉了，然后像熟透的樱桃一样摔到了地上。

伊瑞克又向苍蝇身上洒了一滴生命之水。苍蝇立马活了过来，它挣脱了蛛网，开心自由地绕着伊瑞克飞来飞去。

"太感谢你了，伊瑞克，"它嗡嗡地说，"谢谢你救了我的命。你不会后悔的，等着看我怎么报答你吧!"

伊瑞克回到王宫献上了两瓶水，国王又说："还有一件事。只要你能从这十二位公主里面挑出真正的金发公主，你就可以带走她。"

他把伊瑞克带到了一个大厅里。十二位美丽的公主正围坐在一张桌子前，她们都长得十分相似。每位公主都戴着长长的头巾。头巾一直垂落到肩头，严严实实地盖住了她们的秀发。伊瑞克无法辨认出哪位才是金发公主左拉托芙拉丝卡。

"这就是我的十二个女儿，"国王说道，"金发公主就在其中。只要你能找出她，就能马上带她回去见你的主人。但是如果你选错了，你就只能自己一个人回去了。"

沮丧的伊瑞克挨个看过去，但是没有任何迹象告诉他哪一位是左拉托芙拉丝卡。怎么样才能找出她呢？

突然他听到了一声嗡鸣，一个小小的声音在他耳边轻声说："别怕，伊瑞克，我会帮你的！"

伊瑞克转头，发现原来是他救过的那只苍蝇在说话。

"你慢慢地从每一位公主面前走过，到左拉托芙拉丝卡面前时，我会告诉你的。"

伊瑞克按照它的话做了。他在第一位公主面前停留了几秒钟，直到苍蝇嗡嗡地说："不是这个！不是这个！"

他又走到第二位公主面前，苍蝇又叫道："不是这个！不是这个！"

就这样他从第一位一直走到了最后一位公主面前，苍蝇大声叫道："是她！是她！"

于是伊瑞克站在最后一位公主面前对国王说："我认为这个就是金发公主。"

"你猜对了。"国王答道。

这时左拉托芙拉丝卡公主摘下了白色的头巾，顺滑的长发一直垂落到脚面上，宛如一片金色的瀑布。她的发丝闪闪发亮，像清晨山顶的第一缕阳光那么耀眼。伊瑞克目不转睛地凝视着她，直到光芒模糊了视线。

国王立即为公主远嫁做准备。他让女儿带上生命之水和死亡之水，又安排了一队训练有素的护卫保护她，最后让公主带着自己的祝福，在伊瑞克的护送之下出发了。

伊瑞克顺利带着公主面见了自己的国王。

老国王一看见美丽可爱的公主，眼睛里闪烁着满意的神色，雀跃地像一只初生的羊羔，他下令要立刻与公主举行婚礼，同时对伊瑞克感激不已。

"亲爱的伊瑞克，"他说，"你之前违抗了我的命令，我本来打算对你施以绞刑，再让乌鸦来啄食你的身体。但是现在你为我找到了一位这么漂亮的新娘，为了表示对你的感谢，我不打算绞死你了，我要把你斩首，然后为你安排一个体面的葬礼。"

为了不耽误婚礼，伊瑞克立即就被处死了。

"真是太可惜了，"在刽子手砍下伊瑞克头颅的那一刻，国王感叹道，"他一直是个忠实的仆人。"

左拉托芙拉丝卡公主请求国王把伊瑞克的头颅和身体交给她。老国王已经疯狂地爱上公主，当然不可能拒绝她的任何要求。

公主把伊瑞克的头颅和身体拼到一起，洒上死亡之水。他脖子上的伤口瞬间就愈合了，甚至连一点疤痕都没有留下。

伊瑞克静静地躺在那里，像是睡着了一样。公主向他身上洒了一点生命之水，已经死去的身体突然开始动了起来。随后伊瑞克睁开了眼睛坐起来，生命活力从血脉中喷薄而出。他站了起来，整个人变得比之前更年轻、更鲜活，也更英俊了。

老国王看着嫉妒不已。

他说："我也想变得年轻英俊。"

他命令刽子手砍下自己的头颅，又叮嘱公主等会向他身上洒上生命之水。

刽子手砍下他的头颅之后，公主向他的头和身体上洒了一点生命之水，可是什么也没有发生，老国王并没有重新活过来。于是公主继续洒，直到所有的生命之水都被用完。

"我觉得应该先洒死亡之水，然后洒生命之水。"伊瑞克对公主说。

于是她洒了一点死亡之水，国王的头和身体马上就接到了一起，不过这时他还是没有生命的迹象。当然了，已经没有任何办法让他起死回生了，因为生命之水已经用完了，老国王是真的死了。

"这可不行，"人们议论道，"我们必须有一位国王。

而且我们已经准备好了婚宴，所以这场婚礼必须举行。如果左拉托芙拉丝卡公主不能嫁给老国王的话，她还可以嫁给我们的新国王。那么谁来做新国王呢？"

这时有个人推荐伊瑞克，因为他既年轻英俊，又是除了老国王之外唯一能听懂鸟兽语言的人。

"伊瑞克！"人们齐声喊道，"让伊瑞克成为新国王！"

金发公主左拉托芙拉丝卡其实也早就对帅气的伊瑞克芳心暗许，因此她答应立即举行婚礼，这样已经准备好的宴席也不会浪费了。

就这样，伊瑞克与金发公主左拉托芙拉丝卡结为了夫妻。他们把国家治理得井井有条，生活也幸福美满。直到现在人们还会用"像国王一样快乐"来形容快乐的人，用"像王后一样美丽"来形容美人，这两句话说的正是国王伊瑞克和王后左拉托芙拉丝卡。

牧羊人的花束：
娇蛮公主变成有礼貌的姑娘

　　曾经有一位国王，他有个漂亮的女儿。眼看公主到了该出嫁的年纪，国王挑了个好日子，遍邀邻国的王子们前来相看。

　　其中一位王子决定要在其他人之前先一睹公主的芳容。于是他换上了牧羊人的装束：宽檐帽、蓝罩衫、绿背心、及膝紧身马裤、厚厚的羊毛袜，以及凉鞋。乔装打扮好之后，他就向着公主所在的国家出发，只带了四片面包在路上充饥。

　　刚走不远他就遇到了一个乞丐，乞丐向他乞求一片面包。王子毫不犹豫地分了一片面包给他。又走了一段路，王子又分了一片面包给第二个乞丐。最后把剩下的两片面包也分别给了第三个、第四个乞丐。

　　第四个乞丐对他说："假扮成牧羊人的王子，你的善心会有好报的。我有四份礼物要送给你，分别为了感谢你今天送出的四片面包。第一件礼物是一根鞭子，只需要轻轻扫一鞭就能杀死任何人。第二件是一个口袋，里面装着面包和奶酪。不过这些可不是普通的面包和奶酪，它们是永远也吃不完的。第三件是牧羊人的斧头，每次你需要离开羊群的时候，就把它插在地上，羊群就会围绕着这把斧头吃草而不会走散。最后是一根牧笛，只要你吹响它，羊群就会跳起舞来。再见了，祝你好运，亲爱的王子。"

假扮成牧羊人的王子

王子收下了礼物，谢过乞丐，然后继续向前跋涉，终于来到了公主居住的王宫。进了王宫后，他告诉国王，自己名叫扬，是一个牧羊人，希望在这里得到一份工作。国王觉得这个小伙子一表人才，甚是喜欢，第二天就让他赶着一群羊到山上吃草。

王子把他的斧头插到草地中央，让羊群围着它吃草，自己到森林里探险。他来到一座城堡，里面有一个巨人正在用一口大炖锅煮饭。

"你好啊。"扬礼貌地打了个招呼。

但是巨人却相当粗鲁暴躁，他大喊道："狂妄的小子，我只要动动手指就能弄死你！"

他拿起一根大铁棍来打扬，但是扬敏捷地躲过了棍子，用自己的鞭子轻轻扫了一下巨人，巨人立马就倒地死了。

第二天扬又回到了这座城堡，发现里面站着另一个巨人。

"嘿！嘿！"一看见扬，他就咆哮道，"你这个狂妄的家伙，竟然还敢回来！你昨天杀了我哥哥，我今天要杀了你！"

他也举起那根大铁棍来打扬，但是扬轻巧地躲到了一边，然后用鞭子轻轻地抽了一下，这个大块头也立马倒在地上死了。

第三天，当扬再次回来的时候，城堡里已经没有巨人了。他走遍了城堡里的所有房间，看看有没有什么宝藏。

在其中一个房间里，他发现了一个大木箱。他轻轻地敲了一下箱子，里面立刻跳出来两个魁梧的男人，向他深深地鞠了一躬，说道："亲爱的主人，您想要我们做些什么？"

"让我看看这里有什么好东西。"扬吩咐道。

于是两个仆人向他展示了箱子里所有的东西——珠宝、珍品和黄金。他们又把扬领到了外面的花园里，这儿盛开着世界上最美的花朵。扬采了一些花朵，把它们做成了花束。

当天下午，在赶着羊群回家的途中，扬吹响了那支神奇的牧笛，羊儿们听了之后就开始两两结对地跳起舞来，围着他蹦蹦跳跳。村庄里的人都跑出来围观这个神奇的景象，人们大笑着拍手称赞。

王宫里的公主跑到窗边，看见羊群成群结队跳着舞，也大笑着拍手。随后她闻到了一股奇异的花香，正是扬手中的花束散发出的味道，她对侍女说："你去跟那个牧羊人说，公主想要他的花束。"

侍女向扬传达了公主的命令，但是扬摇了摇头说："告诉你的主人，谁要是想要这束花，必须亲自来跟我说：'扬尼契科，把那束花给我。'"

公主听了这话，笑着说道："真是个奇怪的牧羊人！看来我得亲自去一趟。"

她亲自走出王宫，不客气地对扬说："扬尼契科，把那束花给我。"

但是扬笑着摇了摇头。

"谁要是想要这束花，必须说：'扬尼契科，请把那束花给我。'"

公主是个活泼的女孩，她笑着重复了一遍："扬尼契科，请把那束花给我。"

扬立刻把花束递给她，公主甜甜地道了谢。

第二天扬再次到城堡的花园里采摘了另一束美丽的花朵。下午赶着羊群回家的路上又吹响了牧笛。公主正站在窗边等着，当她闻到一阵比昨天更清香的味道时，她立刻跑出去对扬说："扬尼契科，请把那束花给我。"

但是扬笑着摇了摇头。

"谁要是想要这束花，必须说：'亲爱的扬尼契科，我真心地请求你把这束花送给我。'"

公主端庄地重复道："亲爱的扬尼契科，我真心地请求你把这束花送给我。"

扬把第二束花也送给了她。公主把花放在窗前，花香弥漫，远近的人们都慕名前来观赏。

从那以后，扬每天都会为公主采一束花，公主每天都站在窗边等待这位英俊的牧羊人。每次她向扬要花时都会先说"请"。

就这样过了一个月，终于到了邻国王子们来看公主的那一天。他们排列整齐，盛装出席，而公主也准备了一方手帕和一枚戒指送给她最中意的人。

扬把斧头插在草地上，让羊群围着吃草，自己到城堡让箱子里的两个仆人为他穿上华贵的衣服。仆人们为他穿上一身白色的套装，又为他准备了一匹配有银饰的骏马。

他骑马到达了王宫，但是站在其他王子身后，公主只有伸长了脖子才能看见他。

风格各异的王子们骑着马一个一个从公主面前经过，但她却始终没有给出自己的手帕和戒指。虽然扬是最后一个向她打招呼的，可公主立刻就把手帕和戒指递给了他。

国王和其他王子们还没有来得及跟这位公主的意中人交谈，他就突然挥动马鞭，策马离去了。

那天傍晚扬照常驱赶着羊群回家，公主跑到他面前说："扬，今天的那位王子就是你！"

但是扬笑着搪塞了过去。

"一个贫穷的牧羊人怎么可能是王子呢？"他反问道。

公主并不相信他的说辞，她说等下个月王子们再来的时候，一定会认出他。

在接下来的一个月里，扬每天都照常放羊，然后为这位可爱的公主采一束花，公主每天下午都会在王宫的窗前等他。每当她看见扬，她总是会礼貌地对他说："请把花送给我。"

很快就到了王子们第二次来见公主的日子，这一次城堡里的仆人为扬准备了一身红色的套装和一匹配有金饰的栗色骏马。扬再一次骑马来到王宫，躲在其他王子身后，公主必须伸长脖子才能看见他。

与上次如出一辙的是，公主对于每一个从她身边经过的王子都无动于衷，直到扬走到她身边，她才交出了自己的手帕和戒指。

就在这一刻，扬再次挥动马鞭，骑马离开了。尽管国王派人追赶，还是没有拦住他。

那天傍晚，当扬驱赶着羊群回家时，公主跑到他面前对他说："扬尼契科，就是你！我知道是你！"

但是扬依然笑着搪塞道："一个贫穷的牧羊人怎么可能是王子呢？"

公主还是不相信他的话，她决定要在下一次也是最后一次聚会上确定他的身份。

在接下来的一个月里，扬每天都照常放羊，然后为这位可爱的公主采一束花，公主每天下午都会在王宫的窗前等他。每当她看见扬，她总是会礼貌地对他说："请把花送给我。"

第三次聚会开始之前，城堡里的仆人们为扬准备了一套华丽无比的黑色套装和一匹配有镶钻金饰的黑色骏马。跟前两次一模一样，尽管他站在其他王子的后面，公主还是把手帕和戒指留给了他。

这一次当扬想骑马离开时，其他王子们纷纷上前围住他，其中一个在扬逃离之前刺伤了他的脚。

扬疾驰回到森林里的城堡，再次换上牧羊人的衣服，回到了羊群吃草的那片草地。他坐在草地上用公主送他的手帕包扎了伤口，又从那个神奇的口袋里拿出了一些面包和奶酪填饱了肚子，然后就沐浴着阳光躺在草地上睡着了。

与此同时，公主正因为神秘求婚者的再次逃跑而恼怒不已，她偷偷溜出王宫，跑上了山路，想去看看牧羊人是不是真的在看守羊群。当她找到扬的时候他正在睡觉，公主看见了扬脚上绑着的手帕，终于确定了他就是那位神秘的王子。

公主叫醒了扬，然后大声喊道："你就是他！你就是王子！"

扬看着她，笑着问道："我怎么可能是王子呢？"

"我知道你就是！"公主说道，"扬尼契科，亲爱的扬尼契科，我请求你对我说实话！"

每次当公主用"请求"这个词的时候，扬都无法拒绝她，只好告诉公主他的真实姓名和身份。

　　得知这位亲爱的牧羊人原来真的是王子之后，公主开心不已，立刻把扬带到了国王面前。

　　"这位就是我想嫁的人，"公主说道，"非他不可。"

　　最终扬和这位可爱的公主结了婚，生活非常幸福。每当这个国家的人们谈论起这位公主时，他们总是说："对于普通人而言，她是一位高贵的公主！但在面对自己的丈夫时，她就变成了一个会说'请'字的有礼貌的姑娘！"

英雄少年维塔兹科：
屠龙英雄之母爱上恶龙

从前有一位母亲，她有一个独生子。"我的儿子会成为英雄，维塔兹科是胜利者的意思，那我就叫他维塔兹科吧。"

在维塔兹科十四岁的时候，为了试试他的力气，母亲把他带到森林里，让他把一棵冷杉树连根拔起。

这时的维塔兹科还是个小男孩，力气不够大，母亲把他带回了家。又过了七年，母亲再次把他带到树林里，让他连根拔起一棵山毛榉树。

这时的维塔兹科已经是个小伙子了，他一下子就拔起了那棵树。

"我的孩子，你已经足够强壮了，"母亲说道，"现在你才真正配得上你的名字。不要忘记我辛苦哺育了你二十一年，现在你长大了，该照顾我了。"

"我会好好照顾您的，母亲，"维塔兹科承诺道，"您想要我做什么，就尽管告诉我。"

"首先你要为我找到一个适合定居的好地方，让我能过上安宁富足的生活。"母亲告诉了他自己的心愿。

维塔兹科把拔起的山毛榉树干当作棍棒，拿着它出发了。他顺着风向四处寻觅，最终来到了一座华丽的城堡。

城堡里住着很多恶龙。维塔兹科用力地敲门，但恶龙们不让他进来。于是这位年轻的英雄砸开了城堡的大门，从一间屋子追到另一间，把恶龙全都杀了。

他把恶龙的尸体全部扔到城堡的高墙外面，顺理成章地占据了这座城堡。城堡里有九个宽敞的房间，还有一间屋子的门紧锁着。

维塔兹科打开了最后一间屋子的门，里面有一条被囚禁的恶龙。它的身体被三道铁环牢牢地锁在墙上。

"哦嚯！这里还有一条龙！你怎么在这里？"

"我？"恶龙回答道，"我每天都坐在这里，什么也干不了。兄弟们把我囚禁在这里。维塔兹科，只要你放了我，我一定会好好地犒赏你。"

"我才不！"维塔兹科说，"连你自己的亲兄弟都要把你锁起来，那你一定是个混蛋！别做梦了！继续待在这儿吧！"

说完维塔兹科砰的一声关上门，把恶龙留在了房间里。

维塔兹科回去把母亲带到了这座城堡里。

"母亲，这里就是我为您准备的住处。"

他带着母亲参观了前九个房间，但是在第十间房门前，他叮嘱道："千万别打开这扇门。这座城堡里的一切都属于您，除了这个房间。记住了，千万别打开这扇门。要是您打开了，就会有坏事发生。"

然后维塔兹科就扛着木棍出门猎食了。

他刚走不远，母亲就坐在第十间房门前不停地自言自语道："这间房里到底有什么？为什么维塔兹科不让我开门呢？"

最后，她实在按捺不住好奇，打开了这扇门。

"天哪！"她看见恶龙的瞬间叫道，"你是谁？为什么会在这里？"

"我？我只是条可怜的龙，没有任何攻击力，我叫夏肯。兄弟们把我锁在这里。要不是维塔兹科把他们都杀了，他们早就把我放出来了。亲爱的女士，为我解开这些铁环吧，我会好好报答你的。"

他不停地乞求、用甜言蜜语哄骗她，终于动摇了她的心。

"你可真美丽，"夏肯说，"要是我能重获自由，我愿意娶你为妻。"

"噢，可是如果维塔兹科知道了怎么办？"这位女士问道。

"维塔兹科?"夏肯重复了一遍,"你难道还怕自己的儿子吗?他看起来很孝顺,送你一整座城堡,却有一个房间不允许你进!如果你嫁给我,我们就可以彻底摆脱他,过上快乐平静的生活。"

这位母亲听信了恶龙的花言巧语。

"可是亲爱的夏肯,我要怎么解开这些铁环呢?"她问道。

夏肯让她从地窖的某个木桶里取一些葡萄酒来。他咕咚一口喝完了第一杯酒,砰!第一道铁环猛然脱落。他又喝下第二杯,第二道铁环也应声落下。最后一杯酒喝完,叮咚!他彻底自由了!

这时母亲懊悔地喊道:"啊!看我做了什么,维塔兹科回来一定会责怪我的!"

"我有一个计划,"夏肯说,"听好了,等他回来的时候,你就假装生病,什么也吃不下。他一定会恳求你吃点东西,这时你告诉他你只想吃母猪厄斯的小猪仔。维塔兹科会立马去追捕母猪,但是当他碰到小猪仔的那一刻,母猪就会把他撕成碎片。"

恶龙夏肯还藏在原来的房间里。就在这时维塔兹科扛着一头雄鹿回来了,他发现母亲躺在床上,正在痛苦地呻吟。

"亲爱的妈妈,您怎么了?"他问道,"生病了吗?"

"哎哟哟，儿子，我生病了。让我一个人悄悄地死掉吧！"

维塔兹科紧张地握住她的手，乞求她吃一点鹿肉。

"不，我不想吃鹿肉，"她说，"我现在只想吃母猪厄斯的一只小猪仔开开胃。"

"等着，妈妈，我这就去母猪厄斯那里抓一只小猪仔来！"维塔兹科激动地喊道，然后立刻冲出去寻找母猪厄斯和她的猪仔们。

维塔兹科拿着山毛榉树干在森林里四处寻找母猪厄斯。最后他来到了一座高塔前，塔里住着一位充满智慧的老妇人。她原叫奈德耶卡，不过因为她太聪慧了，人们都叫她圣奈德耶卡。

"你要去哪里，维塔兹科？"奈德耶卡看见了这位英雄少年问道。

"我要去找母猪厄斯，"维塔兹科回道，"我母亲生病了，她只想吃母猪厄斯的小猪仔。"

奈德耶卡慈祥地看着这位年轻人。

"孩子，这可不是一件容易事。但是只要你完全按照我的话去做，你一定能成功。"

维塔兹科承诺会照做，于是老妇人给了他一根尖头的棍子。

"拿着这根棍子，"她说，"我的骏马塔托什就在马厩里，他会带你找到母猪厄斯，她经常半躺在泥坑里，小猪仔们都围在她四周。等你到了那儿，先用这根棍子用力地刺戳其中一只小猪仔，然后立即坐下，千万别发出任何动静。被刺痛的猪仔一定会大声尖叫，这时被吵醒的母猪会暴跳如雷地巡视一圈，然后很快回来。只要你坐着别动，她就不会察觉到你和塔托什。母猪没有发现异常，就会警告猪仔们不许再吵，要是谁敢吵醒她，就把谁撕成碎片。说完她会继续躺回泥坑里呼呼大睡，这

奈德耶卡为维塔兹科指点迷津

时你就用棍子挑起之前那只被刺的猪仔，它一定不敢再尖叫了。这样母猪就不会发现，塔托什会带着你和猪仔一起平平安安地回来。"

对于奈德耶卡的叮嘱，维塔兹科一一照做。他骑着塔托什，这匹神奇的骏马乘风一跃就把他带到了母猪厄斯睡觉的泥坑边上。

维塔兹科用棍子用力一戳其中一只猪仔，这只猪仔惊恐地尖叫起来。母猪突然跳起来，疯狂愤怒地绕着泥坑跑着圈，片刻后一无所获，又躺回泥坑里。塔托什背着维塔兹科一动不动地站在原地，成功逃过了母猪的眼睛。

"要是你们谁再敢大吵大闹打扰老娘睡觉，"母猪警告猪仔们，"我就把你们撕成碎片！"

说完她又躺回泥坑呼呼大睡。

维塔兹科再次靠近猪仔们，用棍子挑起了之前被刺的那只猪仔。这一次小猪仔没敢发出任何声响。就在维塔兹科扛着猪仔上马的那一刻，塔托什一跃而起，飞速回到了奈德耶卡面前。

"事情办得怎么样？"老妇人问道。

"不出您的所料，"维塔兹科告诉她，"看，这就是小猪仔。"

"做得好，孩子。快把它带回去给你母亲吧。"

维塔兹科把棍子归还给奈德耶卡，又把塔托什牵回了马厩。然后他谢过奈德耶卡，用山毛榉树干扛着小猪仔快乐地回家去了。

与此同时，他的母亲正在城堡里和恶龙寻欢作乐。突然他们远远地看见维塔兹科回来了。

"他回来了！"母亲叫道，"亲爱的，我们怎么办？"

"别怕，"夏肯又提议说，"我们让他再去找另一样东西，这次一定让他没命回来。你再假装生病，告诉他小猪仔也不能提起你的胃口。只有生命之水和死亡之水才能救你，要是他真的爱你就会替你找到这两种水。维塔兹科要是真去了，由于路途险恶，他必死无疑。"

说完夏肯再次躲进了房间里。

维塔兹科回到家，发现母亲孤身一人，还在痛苦地呻吟。

"没用了，儿子，我现在吃不下小猪仔了。只有生命之水和死亡之水才能救我的命。不过我知道，你肯定不愿意去为我找这两种水。"母亲呻吟道。

"我愿意！我愿意！"可怜的维塔兹科哭泣着说，"只要能让您恢复健康，我什么都愿意做！"

他一把举起山毛榉树干，急匆匆地去找奈德耶卡。

"这次你要找什么？"老妇人奈德耶卡问道。

"亲爱的圣奈德耶卡，您知道生命之水和死亡之水在哪里吗？我母亲依然病得很重，她说只有这两种水才能救她。"

"这两种水很难找，"奈德耶卡告诉他，"不过亲爱的孩子，我会帮助你的。你带着这两个水罐，骑上我的骏马塔托什，他会带你找到两个海岸，那里就是生命之水和死亡之水的源泉。右边的海岸会在中午十二点打开片刻，底下涌动着的正是生命之水。而左边的海岸则会在午夜十二点打开片刻，底下的那一潭死水就是死亡之水。你就守在这两个海岸边，等到它们开启的时候就立刻用水罐舀起一罐。动作一定要快，不然海岸关闭时你会被夹死的。"

维塔兹科拿着两个罐子骑上了塔托什。马儿乘着风将他带到了遥远的红海的另一边，到了奈德耶卡所说的那两个海岸。

中午十二点一到，右边的海岸果然打开了一道缺口，维塔兹科立刻弯腰舀了一罐子生命之水。他刚收回手，缺口就轰隆一声关上了。

他又来到左边的海岸继续等待。到了夜里十二点，海岸瞬间打开了。维塔兹科立刻舀了一罐子死亡之水，然后在缺口合上的那一刻收回了手。

看着手里完好无损的两罐子水，维塔兹科心满意足地骑上塔托什。这匹神奇的骏马再次把他带回了奈德耶卡面前。

"事情办得怎么样？"老妇人问道。

"很顺利，"维塔兹科说，"看，这就是生命之水和死亡之水。"

奈德耶卡接过两个罐子，趁着维塔兹科没注意，悄悄地把它们换成了两罐子普通的水，让他带回去给母亲饮用。

此时，母亲与恶龙夏肯又在城堡里寻欢作乐，他们远远地看见维塔兹科手里拎着两个罐子回来了。母亲顿时惊慌失措，边流泪边拉扯自己的头发，但是恶龙再次安抚她道："虽然他这次侥幸回来了，但是我们可以再给他一个无法完成的任务，让他永远回不来。等会你别喝那两罐子水，告诉他你只想看一眼神鸟佩利坎。要是他真的爱你就一定会去找这只鸟，等他走了我们就再也不用怕他了。"

维塔兹科一回到城堡就冲进了母亲的卧室，向她献上了两罐水。

"亲爱的妈妈，这是生命之水和死亡之水。快喝下它们，您的病就能痊愈了！"

但是他的母亲却推开了这两罐水，不断地呻吟，好似在承受巨大的痛苦："不，你回来得太晚了，这些水已经没有用了！我的病已经越来越严重，只有让我看一眼神鸟佩利坎才能救我。要是你真的爱我，就赶紧去找到这只鸟。"

这时的维塔兹科依然对母亲深信不疑，他哭喊道："我当然爱您！要是这只鸟真的能治好您的病，我一定会找到它的！"

于是他再一次抓起山毛榉树干，跑到了奈德耶卡面前。

"这次你又要找什么？"

"我可怜的母亲病得太重了，生命之水和死亡之水已经救不了她。只有看一眼神鸟佩利坎才能痊愈。亲爱的圣奈德耶卡，你知道怎么才能捉到神鸟佩利坎吗？"

"孩子，你想捉到神鸟佩利坎？这个任务太难了！不过我会帮你的。佩利坎是一只长脖子大鸟，随便扇扇翅膀就能掀起一阵足以吹倒树林的狂风。这里有一把枪，你拿着它骑上我的骏马塔托什，他会带你到佩利坎所在的遥远荒野。等你到了之后，要仔细辨别风向，风从哪儿吹来你就往哪个方向射击，迅速地把推弹杆推进枪管里，保持原样，别再动它，用最快的速度赶回来。"

维塔兹科拿着枪跃上马背，塔托什带着他来到了一片遥远的荒野，这里正是神鸟佩利坎的家。他刚下马就感觉到一阵劲风从右边脸颊刮过，于是他瞄准风向扣动了扳机。枪里的击锤落下之后，维塔兹科立即把推弹杆推进枪管，然后把枪扔到肩膀上，骑上塔托什。塔托什像闪电一般把他带回了奈德耶卡面前。

"孩子，事情办得怎么样？"她照常问道。

"我也不知道，"维塔兹科说，"我按照你的吩咐做了，这是你给我的枪。"

"让我来看看，"奈德耶卡眯眼看着枪管说，"噢，孩子你做得很好！事情进展非常顺利！佩利坎现在就在枪管里呢！"

说完她从枪管里拉出了一个东西，正是神鸟佩利坎。

奈德耶卡又给了维塔兹科另一把枪，让他出去打一只老鹰回来。然后她用这只老鹰代替佩利坎，让维塔兹科带回家给母亲。

此时母亲和恶龙夏肯看见维塔兹科回来了，他们决定这次让他去寻找金苹果。这些金苹果生长在世界上最凶猛的恶龙的花园里。

"只要维塔兹科一靠近恶龙，"夏肯说，"恶龙就会把他撕成碎片，因为他知道维塔兹科正是杀害他兄弟们的罪魁祸首。"

于是母亲再次装病。当维塔兹科冲到母亲身边，把他以为的神鸟佩利坎送给母亲的时候，她不断痛苦地呻吟着，把鸟儿推到一旁。

"太晚了！太晚了！我要死了！"

"别这么说！"可怜的维塔兹科恳求道，"还有什么东西能救您吗？"

"有，只有金苹果可以救我了——它们长在最凶猛的恶龙的花园里。要是你真的爱我，就去为我摘一些回来吧。"

"我爱您，妈妈，"维塔兹科大声地说，"不管这些金苹果长在哪里，我都一定会为您摘回来的！"

话音刚落，他就再次跑去找奈德耶卡。

"孩子，这次你又要找什么？"奈德耶卡问道。

维塔兹科流着泪说道："我的母亲依然病得很重，神鸟佩利坎也没能治好她。她说现在只有金苹果才能治好她的病，而这些金苹果长在最凶猛的恶龙的花园里。亲爱的圣奈德耶卡，快告诉我，我应该怎么做呢？"

"恶龙花园里的金苹果！天啊，孩子，这可是个大难题！恐怕你拼尽全力也没办法完成！不过别害怕，我永远都会支持帮助你的。这里有一枚戒指，你把它戴在右手上，当你遇到危险的时候就转动戒指，心里想着我，它就能赋予你一百位战士的力量。好了，拿上这把剑，骑上忠诚的骏马塔托什，出发吧，祝你好运！"

维塔兹科谢过这位慈祥的老妇人，骑上马背出发了。转瞬间他就来到了恶龙的花园，不过花园的四周都是高墙，只靠维塔兹科一人的力量是没办法翻越的。但是身轻如燕的骏马塔托什轻轻一跃就飞到了花园里。

进了花园，维塔兹科下马寻找金苹果树。突然一位美丽的少女上前询问他在这里做什么。

"我来寻找金苹果，"维塔兹科告诉她，"我想摘一些送给病重的母亲。你知道金苹果树在哪里吗?"

"我倒是知道，因为我就是负责看守金苹果的人。但是如果我给你一个金苹果，可怕的恶龙就会把我撕成碎片。我本来是尊贵的公主，但现在被恶龙掳来，只能听从他的命令。小伙子，听我一句劝，趁他还没发现，你赶紧离开吧。要是被他抓住了，他会像捏死一只苍蝇一样杀了你。"

但是维塔兹科并不打算放弃。

"不，可爱的公主殿下，我一定要摘到金苹果。"

"好吧，既然如此，我会尽力帮助你的。我有一枚宝贵的戒指，你把它戴在左手上，遇到危险的时候就一边想着我一边转动戒指，它能赋予你百人之力来对抗这样强大凶猛的恶龙。"

维塔兹科戴上戒指，谢过公主，又继续勇敢地向前走。在花园的中央他看见了那棵金苹果树，而恶龙正躺在树下。

一看见维塔兹科，恶龙就扬起脑袋怒吼道："喂，就是你杀了我的兄弟们? 你来这儿干什么?"

维塔兹科一点儿也不畏缩，他答道："我来摘一些金苹果。"

"摘苹果可以!"恶龙咆哮着，"不过你要先从我的尸体上踏过去!"

"乐意至极!"维塔兹科说着突然冲到恶龙身边，与此同时他悄悄地转动了右手的戒指，心里默默地想着慈祥和蔼的奈德耶卡。

恶龙和他搏斗起来，有那么一会儿恶龙差点咬断维塔兹科的双脚。维塔兹科也突然发力，把恶龙摔进了泥地里，泥土没过了他的脚踝。

就在这时，一只黑乌鸦在天上抖着翅膀呱呱地叫道："你们谁想要我帮忙，是你，最凶猛的恶龙，还是你，英雄维塔兹科呢？"

"帮我！"恶龙咆哮道。

"那你能给我什么回报？"

"我会给你数不清的黄金。"

"别听他的，乌鸦，"维塔兹科叫道，"帮我！我会把恶龙的所有骏马都送给你。你瞧，它们就在那边吃草。"

"好嘞，维塔兹科我会帮你的。你需要我做什么？"

"等会恶龙朝我喷热气的时候记得帮我降温。"维塔兹科告诉它。

说完维塔兹科又和恶龙搏斗起来。恶龙把维塔兹科扔进了泥地里，泥土没过了他的脚踝。于是维塔兹科转动了右手的戒指，心里想着奈德耶卡，突然发力抓紧恶龙的腰，把他摔进了泥地，这次泥土没过了恶龙的膝盖。

就在他们搏斗的时候，乌鸦找到了一座喷泉，把翅膀浸在泉水中，又飞到了维塔兹科头顶，把凉爽的泉水滴到他灼热的脸上。

然后维塔兹科又转动了左手的戒指，心里想着那位美丽的公主，再一次与恶龙近身扭打起来。这次他拥有了另一百人之力，他一把抓住恶龙，像抓着一截木头一样把他扔进了泥地，泥土一直没过了恶龙的肩膀。这时维塔兹科迅速抽出了奈德耶卡给他的剑，一下子砍掉了恶龙的头颅。

可爱的公主迅速跑了过来，亲自摘了两个金苹果送给维塔兹科，并且真诚地感谢他救了自己。她对维塔兹科说："你刚刚将我从恶龙手里救了出来，现在我愿意嫁给你。"

"亲爱的公主殿下，我也很想娶你，"维塔兹科说，"要是可以的话，我现在立刻就会向你父亲求娶。但现在还不行，我必须得赶回去救病重的母亲。要是你真心爱我，就等等我，一年零一天之后我一定会回来找你。"

公主答应了他的请求，承诺一定会等他回来，然后他们就各自踏上了回家的路。

维塔兹科还记得对乌鸦的承诺，他骑着塔托什来到草地上，杀光了恶龙的所有骏马，把它们都送给了乌鸦。然后塔托什就带着维塔兹科回到了奈德耶卡面前。

"孩子，事情办得怎么样？"老妇人问道。

"非常顺利！"维塔兹科给她看了金苹果，"但是，如果没有公主送给我的第二枚戒指，我很可能没有办法打败恶龙。"

"快把金苹果带回去给你母亲吧，"奈德耶卡说，"记得骑着塔托什回城堡去。"

于是维塔兹科再次骑上塔托什，一路疾驰回到城堡。

他的母亲仍然在与恶龙夏肯寻欢作乐，当他们看见维塔兹科回来的时候大惊失色。

"他怎么又回来了！"母亲哭叫道，"我该怎么办？我该怎么办啊？"

但是这一次夏肯再也没有别的法子了，他一言不发地藏进了第十个房间，母亲只好独自应付维塔兹科。

她躺在床上，假装还病着。当维塔兹科进来的时候，她满怀怜爱地关心道："亲爱的儿子，你回来啦？一切都还好吗？你能安然无恙地回来真是太好了！"

维塔兹科给她呈上了金苹果，一看见这些金苹果，她就从床上蹦了起来，假装这些苹果治好了她的病。

"噢，亲爱的儿子！"她一边说着一边像儿时那样爱抚着维塔兹科，"你真是个大英雄！"

母亲准备了丰盛的食物庆祝儿子凯旋，维塔兹科大快朵颐，心中因为母亲恢复健康而开心不已。

在维塔兹科吃饱喝足之后，她拿出一根结实的羊毛绳，装作与儿子玩闹的样子对他说："儿子，你躺下来，我用这根绳子把你捆起来，看看你是不是像你父亲一样强壮，能一下挣开绳索。"

维塔兹科笑着躺下，让母亲把自己捆起来，然后轻而易举地发力挣断了绳索。

"噢，你可真强壮！来，再试试这根薄绸绳。"

维塔兹科不疑有他，让母亲捆住了自己的手脚，然后再次发力，但是这一次绳子勒进了他的肉里。他只能像个婴儿一样无助地躺在那里。

"夏肯！夏肯！"母亲呼唤恶龙。

恶龙提着剑冲进来，一下子砍掉了维塔兹科的头颅，并把他的尸体劈成了碎片。他挖出了维塔兹科的心脏，把它悬挂在屋顶的横梁上。

这位恶毒的母亲把儿子的碎尸捆成一包，再把包裹系在塔托什的背上，塔托什正等在庭院里。

"我儿子活着的时候你一直是他的坐骑，现在他死了你把他带走吧，随便哪里都行，我不在乎。"

塔托什乘着风疾驰到了奈德耶卡面前。

这位德高望重的老妇人早已知晓一切，正等着他回来。她从包裹中取出碎尸，把它们浸泡在死亡之水中。然后按照原来的样子拼凑起来，很快它们就长在一起，所有的伤口都消失了，皮肤光洁如新，连一块疤痕都没有留下。最后奈德耶卡向尸体洒了一些生命之水，你猜怎么着，维塔兹科重新活了过来！他站了起来，看起来精神抖擞，健康无比。

"噢，"他揉着眼睛问道，"我刚刚睡着了，是吗?"

"是的，"奈德耶卡告诉他，"要不是我救了你，你就再也醒不过来了。你现在感觉怎么样，孩子?"

"我很好，就是觉得有点奇怪，感觉心里空落落的，好像没有心脏一样。"

"你现在的确没有心脏，你的心脏正挂在城堡的横梁上呢。"

奈德耶卡把事情的前因后果都告诉了他，包括他的母亲是如何背叛他，以及恶龙夏肯是如何把他劈成碎片的。

维塔兹科听完这一切，心里既没有惊讶也没有悲伤，更没有愤怒，什么感觉都没有。他连心脏都没有，要怎么感受这一切呢?

"心脏对你很重要，"奈德耶卡说，"你必须赶紧去找回它。"

她把维塔兹科装扮成一个乡村吹笛老人，又给他一对风笛。

"到城堡前去吹奏风笛，要是他们要犒赏你，你就要那颗挂在横梁上的心脏。"

于是维塔兹科带着风笛来到城堡，在窗前吹奏，他的母亲朝屋外看了看，招呼他进去表演。

他走进城堡吹奏，母亲与恶龙夏肯随着风笛的乐声起舞。他们一直跳，直到再也跳不动才停下来。

维塔兹科伪装成乡村吹笛老人

他们为这位吹笛老人提供了食物和饮料，还要送他金币。

但是维塔兹科说："不，我一个老头子要黄金干吗？"

"那你想要什么呢？"母亲问道。

维塔兹科模仿着老年人的样子缓缓地打量着屋子。

"把横梁上那颗心脏给我吧，我就想要那个。"

他们把心脏给了他，维塔兹科道谢之后离开了。

他把心脏带回去给奈德耶卡，奈德耶卡分别用死亡之水和生命之水清洗了它。接着又把它放在神鸟佩利坎的鸟喙中，佩利坎把细长的脖子伸进了维塔兹科的喉咙里，把心脏放回了原来的位置。就在心脏重新跳动的一瞬间，维塔兹科又能感受到喜怒哀乐了。

"现在你有感觉了吗？"奈德耶卡问道。

"有了，太好了，我又能重新感受喜怒哀乐了！"

"佩利坎，你已经完成了任务，现在你自由了……至于孩子，你必须重新回城堡去，去惩罚那两个恶人。我会把你变成鸽子，等你飞到城堡的时候，心里想想我就能变回原形。"

于是维塔兹科变成了一只鸽子，飞到了城堡的窗台上。

透过窗户，他看见母亲正在与夏肯亲热。

"你瞧！"母亲叫道，"窗台上有只鸽子。快用你的十字弓把它打下来！"

但是恶龙还没来得及去拿弓，维塔兹科就变回原形站在了房间里。他手里握着一把剑，用力砍下了恶龙的头颅。

"恶毒的母亲！"他悲叹道，"我要怎么处置你呢？"

母亲跪在地上不停地求饶。

"别怕，"维塔兹科说，"我不会伤害你的。就让上苍来审判这一切吧。"

维塔兹科拉着母亲的手，把她带到了庭院里。然后他举起剑，说："母亲，我会把剑抛到空中，上苍自会证明我们之间究竟是谁背叛了对方。"

剑锋在空中一闪，然后向下直插进了母亲的心脏，她当场就死了。

维塔兹科把母亲葬在庭院里之后，来到了奈德耶卡面前，真诚地感谢她为自己所做的一切。然后他就拿着那根山毛榉树干踏上了求娶公主的路。

上次分别之后，公主回到了自己的国家，前来求娶的王子和英雄少年络绎不绝。但是公主一个也没有接受，她对外宣称自己要等一年零一天之后才会结婚。

这一年还没结束，维塔兹科就找到了公主，公主立即把他带到了国王面前，说道："我想嫁给他，非他不可，因为是他把我从恶龙手里救了出来。"

他们举行了一场盛大的婚礼，举国上下都为公主觅得良婿而欢呼雀跃。

可怕的库拉特科：一只忘恩负义的小鸡

从前有一对没有孩子的老夫妻。

老奶奶整天念叨："要是我们能有一个自己的孩子或者一只小鸡仔就好了，我们一定会竭尽所能照顾好他的。"

忘恩负义的小鸡

老爷爷却不这么想，他总是反驳说："不需要！我们现在这样就很好。"

后来，晒谷场上的一只黑色老母鸡终于孵出了一只小鸡仔，老奶奶喜出望外。

"你看，你看，老头子，"她说，"我们终于有自己的小鸡了！"

但是老爷爷迟疑地摇了摇头。

"我不喜欢这只小鸡的样子，它看起来有点奇怪。"

可是沉浸在喜悦当中的老奶奶并没有听见他的话，她看着这只小鸡，越看越喜欢。老奶奶给他取名叫作库拉特科，时不时地抚摸他，对他百般溺爱，把他当成了自己唯一的孩子。

库拉特科长得很快，胃口也变得越来越大。

"咯咯咯！"他整天都在不停地叫喊，"我饿了！我要吃东西！"

"你不能喂那只小鸡这么多食物！"老爷爷抱怨道，"他快把我们家吃空了。"

但是老奶奶不听劝，她不停地给小鸡喂食，最后连她自己和老爷爷的食物都被这只小鸡吃光了。

那是阳光明媚的一天，老奶奶却坐在纺车前一刻不停地纺纱，试图让自己忽略饥饿的感觉。老爷爷坐在她旁边的凳子上，气得一言不发。

过了一会儿，小鸡库拉特科大摇大摆地走了进来，好像什么事情都没发生一样，拍打着翅膀，大声叫道："咯咯咯！我饿了！我要吃东西！"

"我不会再给你吃任何东西了，你这只贪吃的小鸡！"老爷爷愤怒地喊道。

"咯咯咯！"库拉特科叫嚷道，"那我就把你们都给吃了！"

话音刚落，库拉特科猛地啄了老爷爷一口，把他和凳子一起吞进了肚子里！

"噢，库拉特科！"老奶奶呼喊道，"爷爷在哪里？"

"咯咯咯！我还没吃饱，我要把你也吃掉！"

库拉特科又狠狠地啄了老奶奶一口，把她和纺车一起吞进了肚子里！

随后这只可怕的小鸡趾高气扬地走在路上，一直在洋洋自得地打鸣。

他看见一个洗衣妇正在清洗洗衣桶。

"天哪，库拉特科！"她惊叫道，"你的嗉子变得好大呀！"

"咯咯咯！"库拉特科回答道，"我的嗉子当然大啦，因为我刚刚吃掉了奶奶和她的纺车，还吃掉了爷爷和他的凳子！但是我还没吃饱，所以我现在要把你也吃掉！"

这个可怜的妇人还不知道发生了什么，就被库拉特科啄了一口，连带着洗衣桶一起吞进了肚子里！

库拉特科继续大摇大摆地往前走，一路上一直在欢快地打鸣。

这次他碰见了一队士兵。

"天哪，库拉特科！"士兵们惊讶地说，"你的嗉子变得好大呀！"

"咯咯咯！"库拉特科告诉他们，"我的嗉子当然大啦，因为我刚刚吃掉了一个洗衣妇和她的洗衣桶、奶奶和她的纺车，还有爷爷和他的凳子！但是我还没吃饱，所以我要把你们也吃掉！"

士兵们还没有反应过来发生了什么，库拉特科就像啄食麦粒一样把他们一个个连带着刺刀一起吞进了肚子里！

他继续大摇大摆地往前走，一路上一直在欢快地打鸣。

然后他碰见了一只名叫考特索的猫咪，这只猫咪惊讶地眨着眼睛，捋着胡须说："天哪，库拉特科，你的嗉子变得好大呀！"

"咯咯咯！"库拉特科像之前一样回答道，"我的嗉子当然大啦，因为我刚刚吃掉了一队士兵和他们的刺刀、一个洗衣妇和她的洗衣桶、奶奶和她的纺车，还有爷爷和他的凳子！但是我还没吃饱，所以我要把你也吃掉！"

猫咪考特索还没有反应过来发生了什么，就被库拉特科猛啄一口吞进了肚子里。

但是这只猫咪并没有乖乖地忍受这种侮辱。刚进到库拉特科肚子里的那一刻，考特索就亮出了锋利的爪子，开始撕扯库拉特科的胃肠。考特索不停地抓挠撕扯，终于在库拉特科的嗉子上抓出了一个大洞。于是当这只可怕的小鸡再想打鸣时，就直接倒在地上死去了。

随后这只猫咪就从库拉特科的鸡嗉子里跳了出来，紧接着那队士兵也一个接一个地走了出来，然后是那个洗衣妇带着自己的洗衣桶，再然后是老奶奶和她的纺车，最后是老爷爷和他的凳子。他们出来之后就各自回去忙自己的事情了。

考特索跟着老爷爷和老奶奶回到家之后请求他们把库拉特科的尸体送给自己当作晚餐。

"我完全同意，"老爷爷说道，"但是你得问问奶奶，因为库拉特科是她养大的。"

"我也同意，"老奶奶说，"爷爷说得对，库拉特科真是只忘恩负义的小鸡，我再也不想听见他的名字了。"

于是猫咪考特索得到了一顿相当丰盛的晚餐。到现在，每当想起那个美妙的味道时，他还会回味无穷地舔舔嘴巴，捋捋胡须。

斯莫里切克：一个为女巫开门的男孩

曾经有个叫斯莫里切克的小男孩。他和一只金色鹿住在森林中的一幢小房子里。

每天金色鹿出门之前都会叮嘱斯莫里切克锁好门，无论是谁敲门都不能开。

"要是你不听我的话擅自开门，就会有很可怕的事情发生。"

"我不会开门的，"斯莫里切克总是这么承诺，"在你回来之前我是不会开门的。"

有一天，外面响起了敲门声。

"噢！"斯莫里切克思索着，"我想看看是谁在敲门！"

他大声问了一句："是谁在敲门？"

门外传来了很多道甜美的声音：

斯莫里切克，斯莫里切克，快开开门，
只要打开两指宽的门缝就成！

我们只想进来暖暖手，不是坏人！

快开门吧，斯莫里切克，快开开门！

但是斯莫里切克并不打算开门，他始终记得金色鹿的叮嘱。虽然金色鹿平时很温柔，可一旦斯莫里切克犯了错，金色鹿就会狠狠地打他的屁股。斯莫里切克并不想挨打，所以用手堵上了耳朵，不听门外的声音，这样他就不会开门了。

金色鹿

"你是个好孩子，"晚上金色鹿回来之后夸赞道，"敲门的肯定是那些邪恶的林中小女巫。要是你开了门，她们就会把你拖到洞穴里，到时候看你怎么办！"

斯莫里切克想到自己多亏听从了金色鹿的嘱咐，十分开心，他再次承诺永远不会为陌生人开门，永远不会！

第二天金色鹿出门之后，斯莫里切克独自待在家里，外面又传来了敲门声。

他问道："谁在敲门？"

比昨天更甜美的声音回答道：

> 斯莫里切克，斯莫里切克，快开开门，
> 只要推开两指宽的门缝就成！
> 我们只想进来暖暖手，不是坏人！
> 快开门吧，斯莫里切克，快开开门！

斯莫里切克对自己说，不，不能开门。他只想透过门缝看一眼林中女巫们长什么样子，但是他绝对不会打开门，连一条缝都不会开！

林中女巫们还在苦苦哀求，她们冷得浑身发抖，不停地说着自己有多冷，斯莫里切克听着门外的声音有点同情她们。

"我只把门打开一点点，应该不会有事的。"他想。

于是斯莫里切克把门推开了一道缝，就在那一瞬间两根苍白的小手指伸了进来，紧接着两根、两根、再两根，然后是苍白的小手掌、小手臂伸了进来。斯莫里切克还没有反应过来发生了什么，一大群林中女巫已经闯进了房间！她们围着斯莫里切克跳舞，嚎叫呼喊着把他拖出了房子，朝着森林深处去了。

斯莫里切克吓得魂飞魄散，他用尽全力叫喊着：

　　啊，亲爱的金色鹿，你在哪里，

　　无论在山谷、山顶，还是在远处的牧场里，

　　不要耽搁，快快回来！

　　邪恶的林中女巫们正要带走你的小男孩！

　　不要耽搁，快快回来！

万幸的是，这次金色鹿并没有走得很远。听到斯莫里切克的呼救之后，金色鹿飞跃过去赶走了女巫们，用鹿角托着斯莫里切克回了家。

到家后，金色鹿把斯莫里切克按在膝头，狠狠地打了他的屁股一顿，让他长长记性，以后再也不要违背他的命令。斯莫里切克哭着说，以后无论女巫们用多么甜美的声音蛊惑他，他再也不会开门了。

接下来的好几天都没有人来敲门。后来的一天下午，敲门声又响起了，门外再次传来甜美的声音：

斯莫里切克，斯莫里切克，快开开门，
只要推开两指宽的门缝就成！
我们只想进来暖暖手，不是坏人！
快开门吧，斯莫里切克，快开开门！

斯莫里切克假装没听见。小女巫们打着冷战乞求他把门开一道缝，让她们暖暖手，他告诉她们："不，我不会开门的，哪怕是一道缝也不行，我要是开了你们就会像上次一样冲进来把我拖走！"

邪恶的小女巫们辩解道："不会的，斯莫里切克，我们不会那样做的！我们从来没打算抓走你！就算我们带走你，那也是因为你跟我们在一起会比在这里更快活，那只金色鹿总是把你关在这间小房子里，自己却出去寻欢作乐。我们可以给你很多精巧的玩具，还会陪你一起玩耍，你会很快乐的。"

单纯的斯莫里切克相信了她们的花言巧语。他把门打开了一道缝，古怪的小女巫们瞬间挤进了房间，把他拖到了森林里。

女巫们还威胁说，如果他敢大声呼救，她们就要杀掉他，但是斯莫里切克还是用尽全力大声喊道：

啊，亲爱的金色鹿，你在哪里，

无论在山谷、山顶，还是在远处的牧场里，

不要耽搁，快快回来！

邪恶的林中女巫们正要带走你的小男孩！

不要耽搁，快快回来！

但是这一次金色鹿在很远的地方，没有听见他的求救。孤立无援的斯莫里切克被女巫拖进了她们的洞穴里。

在洞穴里，女巫们不仅没有兑现承诺陪他玩耍，反而变着花样地取笑折磨他，还做鬼脸吓唬他。但有一点，无论斯莫里切克想吃什么，女巫们都会满足。她们让他不停地吃东西，尤其是糖果。这群女巫每天都会捏捏他的肉，互相询问："姐妹，你觉得他现在肥到可以烤着吃了吗？"

可怜的斯莫里切克发现，原来女巫让他吃糖是为了把他养肥之后烤着吃掉，心里又惊又慌。

终于有一天，女巫们觉得已经养他很久了，她们用刀子切下了斯莫里切克的小拇指来看看他够不够肥。

"嗯，好吃！"她们尖叫着，"他已经够肥了！我们今天就能把他烤着吃了！"

她们扒下他的衣服，准备把他放进炉子里烤。

斯莫里切克吓得魂飞魄散，不停地叫喊着，但是他叫得越大声，女巫们就笑得越大声，拍手拍得更欢快了。

就在她们把他推进烤炉里的那一刻，斯莫里切克嘶吼道：

> 啊，亲爱的金色鹿，你在哪里，
> 无论在山谷、山顶，还是在远处的牧场里，
> 不要耽搁，快快回来！
> 邪恶的林中女巫们正要吃掉你的小男孩！
> 不要耽搁，快快回来！

突然洞穴外面传来树枝断裂的声音。女巫们还没有反应过来发生了什么，金色鹿就跃进了洞里，把斯莫里切克抛到鹿角上，接着就像风一样消失了。

到家之后，金色鹿再一次把斯莫里切克按在膝头狠狠地抽了他的屁股。斯莫里切克哭着说，以后无论女巫们用多么甜美的声音蛊惑他，他再也不会开门了。

从此以后，吃了苦头的斯莫里切克再也没敢给陌生人开门！

布都里奈克：一个为狐狸开门的男孩

从前有个叫布都里奈克的小男孩，他和祖母一起住在森林旁边的一间农舍里。

祖母每天都要出去劳作。每天早上出门之前她都会叮嘱道："布都里奈克，你的晚餐在桌子上，记住了，不管是谁敲门都千万别开！"

一天早上，祖母对他说："布都里奈克，我今天留了一些汤羹给你，晚上记得吃。记好了，不管谁敲门都千万别开！"

祖母刚走不久，狡猾的母狐狸莉什卡就来敲门了。

"布都里奈克！"她叫道，"你认识我的！请开开门！"

布都里奈克在屋子里喊道："不，我是不会给你开门的！"

莉什卡继续敲门。

"如果你给我开门，我就答应下次让你骑在我的尾巴上兜风。"

布都里奈克心里一动，想道："骑在狐狸的尾巴上兜风一定很有趣！"他瞬间忘记了祖母每天的叮嘱，打开了门。

母狐狸莉什卡闯进了屋子，你猜她做了什么？你以为她真的让布都里奈克骑在自己的尾巴上兜风吗？她没有。她只是冲到桌子旁边狼吞虎咽地喝完了祖母留给布都里奈克的汤，然后就跑远了。

到了晚餐的时候，布都里奈克没有东西可吃了。

晚上祖母回家后问道："布都里奈克，你今天有没有开门让别人进来过？"

布都里奈克饥肠辘辘，对祖母哭诉道："我给母狐狸莉什卡开了门，她进来吃光了我的晚餐！"

母狐狸莉什卡

祖母说："你瞧，这就是你开门让别人进来的后果。下次一定要记住我的话，千万不要开门。"

第二天早上祖母煮了一些粥，留给布都里奈克当作晚餐，走之前再次叮嘱道："布都里奈克，我给你留了粥作为晚餐。记住，等我走了之后，不管是谁敲门都千万别开。"

祖母前脚刚出门，母狐狸莉什卡后脚就来敲门了。

"布都里奈克！"她叫道，"开门让我进来吧！"

但布都里奈克回道："不，我不会给你开门的！"

"求求你开门吧，布都里奈克！"莉什卡乞求道，"你认识我的！而且如果你给我开门，我下次就让你骑在我的尾巴上兜风！我说到做到！"

布都里奈克心里想着："这次她可能真的会让我骑在她的尾巴上兜风。"

所以他再一次打开了门。

莉什卡进到屋子里之后，三两口就把布都里奈克的粥喝了个干净，然后就跑远了，完全忘记了自己之前的承诺。

晚餐时间布都里奈克没有任何东西可吃了。

晚上祖母回家后问道："布都里奈克，你今天有没有开门让别人进来过？"

布都里奈克饥肠辘辘，对祖母哭诉道："我又给母狐狸莉什卡开了门，她进来吃光了我的粥！"

"真是个不听话的坏孩子！"祖母骂道，"如果你再给别人开门，我就要狠狠地打你的屁股了！听好了吗？"

第三天早上出门劳作之前，祖母煮了一些豌豆留给布都里奈克作为晚餐。

祖母刚出门，布都里奈克就开始吃那些豌豆，味道很不错。

就在这时，母狐狸莉什卡又来敲门了。

"布都里奈克！"她叫道，"开门！我想进来！"

但是布都里奈克再也不会给她开门了，他端起碗走到窗前，在莉什卡的注视下继续吃豌豆。

"布都里奈克！"莉什卡苦苦哀求道，"你认识我的！请你开开门！这次我发誓下次一定会让你骑着我的尾巴出去兜风！我说到做到！"

她在门外不停地哀求，最后布都里奈克心软了，又打开了门。莉什卡猛地冲进屋子里，把头埋进碗里把所有的豌豆都吞了下去。

吃饱之后，她对布都里奈克说："现在你可以骑到我的尾巴上来，我带你去兜风！"

布都里奈克刚爬到她的尾巴上，莉什卡就开始满屋子转圈跑，她越跑越快，到后来布都里奈克不得不用尽全力抓紧她的尾巴才不至于被甩下来。

布都里奈克还没反应过来发生了什么，莉什卡突然蹿出了屋子，背着他飞快地钻进了森林，回到了自己的洞里。她把布都里奈克和自己的三个狐狸幼崽藏在一起，不让他逃出去。布都里奈克和三只小狐狸一起待在洞里，经常被它们取笑，有时还会被啃咬。此时的他因为没听祖母的叮嘱而后悔万分，每天都伤心痛哭！

等祖母回到家里发现大门敞开，小男孩布都里奈克不知去向。她在屋子里四处翻找，但是都没有发现布都里奈克的踪迹。她到外面去询问每一个路过的人是否见过她的小孙子，但是没人见过他。可怜的祖母形单影只，悲痛欲绝，一直在不停地哭泣。

一天，有一位装着一条木头假腿的手风琴师在祖母的小屋前演奏，那乐声让祖母想起了自己的小孙子。

"手风琴师，"祖母对他说，"给你一块钱，但是请你不要再演奏了，你的手风琴乐曲声让我落泪。"

"你为什么哭呢?"手风琴师问道。

"听到你的乐曲声，我就会想起我的小孙子布都里奈克。"祖母向他讲述了布都里奈克失踪的事情。

听完之后，这位手风琴师说："可怜的老人家！这样吧，以后我在四处游历演奏手风琴的时候，会一直留意帮助你寻找布都里奈克。如果我找到他，我就把他带回来。"

一位手风琴师在祖母的小屋前演奏

"真的吗？"祖母流着泪说，"要是你真的把我的小孙子带回来，我就送给你一担黑麦、一担小米、一担罂粟籽①。这间屋子里的任何东西我都可以分一点给你。"

于是手风琴师告别了祖母，继续四处演奏。他每到一个地方都会寻找布都里奈克，但却始终没有找到他。

终于有一天，手风琴师穿越森林时似乎听见了一个小男孩的哭声。他四处张望，最后发现了一个狐狸洞。

"哦嚯！"他想道，"一定是那只邪恶的老狐狸莉什卡偷走了布都里奈克！她肯定是把他和自己的三只狐狸幼崽藏在了一起！我马上就能找到他了。"

他拿出手风琴开始演奏，一边演奏一边轻柔地唱着：

> 一只老狐狸，
>
> 还有三只小狐狸，
>
> 我马上就要抓住你！
>
> 布都里奈克，
>
> 第五个捉的就是你！

老狐狸莉什卡听见外面的手风琴声音后对她最大的

---

① 译者注：罂粟籽，即罂粟的种子，又名御米，无毒。早在古代，有些国家和地区已将其作为草药使用。

孩子说："儿子，你快出去给那个男人一块钱，让他赶紧离开，这声音吵得我头疼。"

于是最大的那只狐狸幼崽爬出了洞穴，把钱递给手风琴师，告诉他："我妈妈说了请你走远一点，她听了你的演奏头很痛。"

就在手风琴师伸手去接钱币的那一刻，他突然抓住了狐狸幼崽把它塞进了麻袋里。然后他继续演奏吟唱道：

> 一只老狐狸，
> 还有两只小狐狸，
> 我马上就要抓住你！
> 布都里奈克，
> 很快轮到你！

莉什卡又让第二个孩子拿着钱出去递给手风琴师，但是这只小狐狸也被他抓住塞进了麻袋。手风琴师继续演奏吟唱道：

> 一只老狐狸，
> 还有一只小狐狸，
> 我马上就要抓住你！
> 布都里奈克，
> 很快轮到你！

"那个人怎么还在演奏？"莉什卡又让最小的孩子拿着钱出去了。

于是手风琴师故技重施，再一次抓住了这只小狐狸，把它塞进了麻袋。他继续演奏吟唱道：

> 一只老狐狸，
>
> 我马上就要抓住你！
>
> 还有布都里奈克，
>
> 很快轮到你！

最后莉什卡亲自爬出洞外，刚一出去就被手风琴师抓个正着，被塞进麻袋和自己的幼崽们关在一起。手风琴师最后唱道：

> 四只狡猾的狐狸，
>
> 都被活捉关在麻袋里，
>
> 布都里奈克，
>
> 第五个捉的就是你！

他走到洞口旁弯下腰大声呼唤："布都里奈克！布都里奈克！出来！"

现在洞里没有狐狸阻拦他，布都里奈克顺利地爬了出来。

一看见手风琴师，他大哭道："亲爱的手风琴师先生，请你带我回去找我祖母！"

"我会带你回去找她的，"手风琴师安慰道，"但是现在我先要惩罚这些狡猾的狐狸。"

他砍下一根粗壮的树枝，狠狠地抽打着麻袋里的四只狐狸，直到狐狸们不断地哀求，承诺以后再也不会伤害布都里奈克，他才停手。

手风琴师放走了狐狸们，然后带着布都里奈克回家去找祖母。

祖母看见小孙子回来欣喜若狂，她按照约定给了手风琴师一担黑麦、一担小米和一担罂粟籽，还把屋子里所有其他能分的东西都分了一点给他。

从今以后布都里奈克再也不敢给任何人开门了！

一只可爱的小母鸡和一只说谎的大公鸡

　　从前有一只大公鸡和一只可爱的小母鸡，他们是好朋友。

　　有一天，大公鸡说："我们去公园抓一些种子和虫子吃吧，先说好了：你找到的东西要和我平分，我找到的也和你平分。"

可爱的小母鸡

可爱的小母鸡同意了，他们一起来到了公园。

小母鸡一直在认真地找啊找，不管是抓到肥嫩的虫子还是美味的种子，她都会跟大公鸡分享。

大公鸡也一直在找食物，当着小母鸡的面，他总会把自己抓到的食物与小母鸡分享。但是有一次趁着小母鸡没注意，他啄起了一大颗玉米粒，没有分给小母鸡而是想自己一口吞掉。他吃得太着急，那颗玉米卡在喉咙里，让他无法呼吸。

"亲爱的小母鸡！"他喘着粗气叫道，"我被噎到了！快去找点水来，不然我就要死了！"

说完他仰面倒在地上，双脚直直地向上蹬着。

小母鸡飞快地跑到井边，上气不接下气地喊道：

噢，水井！

给我水！

给大公鸡！

他噎住了！

在花园！

四脚朝天！

天啊！

他要死了！"

水井回答道："想要水的话，你就去找裁缝为我缝一块手帕。"

于是小母鸡飞快地跑到裁缝那里，上气不接下气地喊道：

> 裁缝！
>> 给我手帕吧！
> 给水井
>> 换一点水，
> 去救大公鸡！
>> 他噎住了！
> 在花园！
>> 四脚朝天！
> 天啊！
>> 他快死了！

裁缝回答道："想要手帕的话，你就去找鞋匠给我做一双拖鞋。"

于是小母鸡飞快地跑到鞋匠那里，上气不接下气地喊道：

> 鞋匠！
>> 给我拖鞋吧！
> 给裁缝

换手帕，

再给水井

换一点水，

去救大公鸡！

他噎住了！

在花园！

四脚朝天！

天哪！

他快死了！

鞋匠回答道："想要拖鞋的话，你就去母猪身上拔一些猪鬃给我。"

于是小母鸡飞快地跑到母猪那里，上气不接下气地喊道：

噢，母猪！

给我猪鬃吧！

给鞋匠

换拖鞋，

给裁缝

换手帕，

再给水井

换一点水，

去救大公鸡！

　　他噎住了！

在花园！

　　四脚朝天！

天哪！

　　他快死了！"

母猪回答道："想要猪鬃的话，你就去找酿酒师给我拿点麦芽酒来。"

于是小母鸡飞快地跑到酿酒师那里，上气不接下气地喊道：

噢，酿酒师！

　　给我麦芽酒吧！

给母猪

　　换猪鬃，

给鞋匠

　　换拖鞋，

给裁缝

　　换手帕，

再给水井

　　换一点水，

去救大公鸡！

他噎住了！

在花园！

四脚朝天！

天哪！

他快死了！"

酿酒师回答道："想要麦芽酒的话，你就去找奶牛要一些奶油给我。"

于是小母鸡飞快地跑到奶牛那里，上气不接下气地喊道：

噢，奶牛！

给我点奶油吧！

给酿酒师

换麦芽酒，

给母猪

换猪鬃，

给鞋匠

换拖鞋，

给裁缝

换手帕，

再给水井

换一点水，

去救大公鸡！

他噎住了！

在花园！

四脚朝天！

天哪！

他快死了！

奶牛回答道："想要奶油的话，你就去草地上给我摘一些牧草。"

于是小母鸡飞快地跑到草地上，上气不接下气地喊道：

噢，草地！

给我点牧草吧！

给奶牛

换奶油，

给酿酒师

换麦芽酒，

给母猪

换猪鬃，

给鞋匠

换拖鞋，

给裁缝

换手帕，

再给水井

换一点水，

去救大公鸡！

他噎住了！

就在花园里！

四脚朝天！

天哪！

他快死了！

草地回答道："想要牧草的话，你就要给我找一点天上的露水。"

于是小母鸡仰头对着天空说：

噢，天空！

亲爱的天空！

给我一点露水吧！

我要把它送给草地换一些牧草，

把牧草给奶牛换一点奶油，

把奶油给酿酒师换一点麦芽酒，

把麦芽酒给母猪换一些猪鬃，

把猪鬃给鞋匠换一双拖鞋，

把拖鞋给裁缝换一块手帕，

　　把手帕给水井换一点水，

　去救大公鸡！

　　他噎住了！

　就在花园里！

　　四脚朝天！

　天哪！

　　他快死了！

天空被小母鸡的诚心感动，立即就洒下了露水。

于是小母鸡把露水送给草地，草地给了她一些牧草。

她把牧草送给奶牛，奶牛给了她一些奶油。

她把奶油送给酿酒师，酿酒师给了她一些麦芽酒。

她把麦芽酒送给母猪，母猪给了她一些猪鬃。

她把猪鬃送给鞋匠，鞋匠给了她一双拖鞋。

她把拖鞋送给裁缝，裁缝给了她一块手帕。

她把手帕送给水井，水井给了她一点水。

　　小母鸡让大公鸡把这些水喝下去，水流把玉米粒冲下去之后，大公鸡立马跳了起来，欢快地打了个鸣："喔喔喔！"

　　从此以后大公鸡再也不敢欺骗小母鸡了，无论是肥美的虫子还是美味的种子，他都会跟小母鸡分享。

一只聪明的小母鸡和一只顽固的大公鸡

从前有一只大公鸡和一只小母鸡，他们是很好的朋友，总是像亲兄妹一样形影相伴。

大公鸡固执鲁莽，经常做蠢事。而小母鸡则非常理智，一直竭尽所能地照顾着她的伙伴。

每当大公鸡开始做蠢事的时候，她总会说："亲爱的，你不能这么做！"

要是大公鸡能及时听劝，他就不会早早地丢掉性命了。正如我之前所说，他又鲁莽又顽固，总是听不进小母鸡的劝告。

春季的一天，大公鸡跑进花园里，狼吞虎咽地吃了一大堆青醋栗。

"天哪！"小母鸡尖叫道，"别吃青醋栗！吃多了会胃痛的！"

但是大公鸡置若罔闻，还是一个接一个地吃着，直到胃部剧痛才停下。

"小母鸡，"他大喊，"救我！我的胃好疼！啊！啊！"

小母鸡看着他痛苦的样子，让他喝了一点薄荷油，又在他的肚子上贴了一副芥末膏药。

你是不是以为经历了这件事情之后，大公鸡一定会对小母鸡言听计从了？但他还是没有。胃疼刚停止，他就又跟从前一样莽撞自我。

一天，大公鸡来到一片草地上，他激动地跑来跑

顽固的大公鸡

去，直到浑身发热，汗流不止。他跑到小溪边开始大口喝冷水。

"噢，亲爱的，"小母鸡叫道，"出汗的时候别喝冷水！等一会你自然就不热了！"

但是大公鸡会有耐心等待自然降温吗？他才没有！他还是一直在喝冷水，一直到喝饱了才停下。

大公鸡突然打了个寒战，小母鸡赶紧把他拉回家里，让他在床上躺好，然后赶紧去找医生。

医生给他开了一些苦口的药，大公鸡病得很重，休养了很久。等他能走出房子的时候，冬天已经悄然来临。

经历这次疾病之后，你是不是以为大公鸡再也不敢不听朋友的劝告了？要是他真的乖乖听了，就不会早早地丢掉性命了。

一天早晨，大公鸡起床之后看见屋外的河面上开始结冰了。

"太好啦！太好啦！"他激动地喊道，"我可以去河面上滑冰啦！"

"噢，亲爱的，"小母鸡叫道，"现在还不能溜冰！太危险啦！等过段时间冰结得更厚一点再去吧。"

你以为他会听小母鸡的劝告吗？他还是没有！他坚持要去滑冰，然后真的站到了薄薄的冰面上。

猜猜接下来发生了什么？

冰面突然破裂，大公鸡也掉进了河里，还没等小母鸡搬来救兵他就被淹死了。

大公鸡虽然很可怜，但他也是咎由自取，因为小母鸡之前就苦劝他等冰面更安全一点再去。

河妖的新娘：
莉杜什卡与被囚河底的鸽子

从前有个叫莉杜什卡的姑娘。有一天她正在河边洗衣服，一只又肥又丑的大青蛙向她游过来。莉杜什卡吓了一大跳。这只青蛙趴在水上，就停留在刚刚她洗衣服的地方，嘴巴一鼓一鼓，仿佛有话要说。

"嘘！"莉杜什卡试着驱赶它，但它还是待在原地一动不动，嘴巴鼓动着。

"恶心的家伙！你要干什么！为什么一直坐在这里瞪着我？"

莉杜什卡向它丢了一块亚麻布，想把它赶走之后继续洗衣服。没想到这只青蛙潜到水下，又从另一个地方上来，再一次游到莉杜什卡身边。

莉杜什卡试了很多办法驱赶它，但每次刚把它赶走，它就会换个地方重新游过来，最后莉杜什卡完全失去了耐心。

"滚开，恶心的东西！"她尖叫道，"我忙着洗衣服！

你快走开，我可以做你孩子的教母！听见了吗？"

这只青蛙看起来接受了这个承诺，呱呱叫道："好的！好的！好的！"然后就游走了。

过了一段时间，莉杜什卡又在河边洗衣服，那只青蛙又出现了，这次它不像之前那么肥胖肿胀了。

"嗨！嗨，亲爱的女士！"它叫道，"你还记得你的承诺吗！你说会做我孩子的教母。现在你得跟我走一趟，我们今天正在给孩子举行洗礼仪式。"

莉杜什卡虽然只是随口一说，但是既然承诺了就不能食言。

"可是我怎么能做你孩子的教母呢？"她问道，"我又不能到水下去。"

"你可以下水！"这只老青蛙叫道，"来！来！你跟我来！"

它开始逆流而上，莉杜什卡跟在它身后，沿着河岸一直走，越走越害怕。

这只老青蛙一直游到了水闸，然后对莉杜什卡说："亲爱的，别害怕！别害怕！掀起你面前的这块石头，下面有一段通往我家的台阶。我在前面带路，你照我说的做就不会迷路。"

说完青蛙就消失在水里，莉杜什卡只好掀起石头，发现下面果真有一段阶梯。猜猜这段阶梯是什么样子？

它既不是木头做的也不是石头做的，而是由坚固的水流组成的，一块接着一块，像水晶一样透明澄澈。

莉杜什卡一层层地走下来，到了半路终于看见了那只青蛙，它呱呱地吵嚷着欢迎她的到来。

"这边，亲爱的教母！走这边！别害怕！别害怕！"

莉杜什卡鼓起勇气继续走，渐渐地不再害怕了。这只青蛙带着她来到了自己家里，它的家跟台阶一样也是由水晶般闪亮透明的水流组成的。

洗礼仪式已经准备就绪，莉杜什卡立即抱起青蛙宝宝们，直到洗礼结束。

仪式之后是一场盛宴，远近的青蛙们都收到邀请前来赴宴。这只老青蛙把莉杜什卡介绍给其他伙伴们，所有的青蛙围着她跳来跳去，呱呱地叫着奉承她。

这是一场全鱼宴，一条条鲜美的鱼用煮、烤、炸、腌等各种方式烹饪后送到餐桌上。鱼的种类也一应俱全：有最肥嫩的鲤鱼、梭子鱼、鲱鱼、鳟鱼、鲈鱼，以及其他莉杜什卡叫不出名字的鱼。

吃饱喝足之后，莉杜什卡从其他宾客身边溜走，独自在房子里四处溜达。

她偶然间推开了一扇门，原来这是一间食品贮藏室，里面是一排排长木架，木架上摆满了小陶罐，令莉杜什卡感到奇怪的是，这些小陶罐全都是开口朝下倒放着的。

她举起其中一个陶罐，发现里面困着一只可爱的白鸽。这只鸽子发现困住自己的罐子消失了，开心地抖了抖羽毛，振翅飞走了。

莉杜什卡又举起第二个罐子，里面也困着另一只可爱的鸽子，它在罐子举起的那一刻也兴奋地振翅飞走了。

接着是第三个陶罐，里面困着第三只鸽子。

"这些罐子下面肯定都有鸽子！"她思忖道，"究竟是什么邪恶残酷的妖怪把它们囚禁在这里？上苍赐予了人类永恒的灵魂，同时也赐予了鸟儿翱翔的翅膀，绝不会把它们困在黑暗的罐子里。等着，亲爱的鸽子们，我会让你们重获自由！"

于是莉杜什卡一个接一个地举起这些陶罐，所有被困住的鸽子都欣喜地飞走了。

就在她放走最后一只鸽子的时候，一只年老的母青蛙大惊失色地跳到她面前。

"天哪！天哪！"青蛙呱呱叫道，"你怎么放走了它们！快找一把干土或一片烤面包，不然我丈夫会抓住你然后抽走你的灵魂！他过来了！"

莉杜什卡透过水晶墙面向上看，没看见有人来，但是她看见远处水面上有几条鲜亮的红彩带正向她漂来，它们越漂越近了。

"哦！"她突然感到一阵害怕，"那些红彩带一定是河妖的！"

她突然想起儿时祖母给她讲的故事，说那些邪恶的河妖经常用红彩带引诱人类走向死亡。有很多在河边晒草的少女，看见那些鲜艳的红彩带漂在水面上，就用手里的耙子去勾它们。这样正合了河妖的心意，他会一把捉住少女，把她们拖进深深的水底，然后抽走她们的灵魂，做自己的新娘。河妖法力强大，要是他捉住了你，他只用一茶匙的水就能把你淹死！不过，要是你手里紧紧握住一把干土或者一片烤面包，那他就拿你没办法了。

邪恶的河妖

"哦！"莉杜什卡大声说，"我明白了！那些白鸽就是被邪恶河妖淹死的无辜少女的灵魂！天啊，请帮助我逃离这个可怕的河妖！"

"快点！亲爱的姑娘，快点！"母青蛙叫道，"沿着水晶阶梯爬上去，把石头放回原位！"

莉杜什卡顺着阶梯逃了上去，刚到地上就立刻抓了一把干土。然后她把石头放回原位，河水没过了阶梯。

河妖把红彩带铺散在河岸附近的水面上，试图抓住莉杜什卡，但莉杜什卡并没有上当。

"我知道你是谁！"她尖叫道，紧紧握住手里的干土，"你永远别想抽走我的灵魂！你也别想再把那些无辜的灵魂囚禁在黑陶罐里！"

很多年过去了，莉杜什卡也有了自己的孩子，她经常给孩子们讲述这次经历，并告诫他们："孩子们，你们现在知道了，水面上鲜亮的红彩带很危险。邪恶的河妖很可能就在那儿等着抓你们呢！"

巴查和龙：一个牧羊人睡过了整个冬天

从前有个牧羊人叫巴查。每逢夏季，巴查都会在山上放羊。他在山上还有一间小屋和一个羊圈。

秋天来了，有一天，巴查躺在地上，悠悠然地吹着笛。他不经意地看向山坡，突然，看到了一幅无比神奇的景象。离他躺着的地方不远，有一大群巨蛇，成百上千条，正缓慢地爬向岩壁。

岩壁上长着一株植物。蛇群到达后，每条巨蛇都咬下植物的一片叶子。然后它们用树叶碰了碰岩壁，岩石向两边裂开。巨蛇一条接一条地爬了进去。当最后一条蛇消失时，岩石闭合。

巴查迷惑地眨了眨眼。

"怎么回事？"他自言自语，"蛇去哪儿了？我得亲自爬上去看看那是什么植物。岩石会不会也为我而开呢？"

巴查朝他的牧羊犬杜奈吹了一声口哨，让它看管羊群。然后他走到悬崖边，仔细观察那株神秘的植物。他以前从未见过。

巴查摘了一片叶子，拿着叶子也碰了碰那个地方。刹那间，岩石向两边裂开。

巴查走进去，发现自己在一个巨大的洞穴里，四周墙壁镶嵌着金银和稀有宝石，光芒四射。中间摆着一张金闪闪的桌子，桌上躺着一条硕大无比的蛇，也就是蛇王，它正盘着身子呼呼大睡。其余数百条蛇躺在桌子周围的地上，也睡得很熟。巴查走来走去的时候，它们一点儿动静也没有。

巴查四处游荡，观察墙壁、金桌子和沉睡的蛇群。探索完周围的一切后，他心想："这事儿真奇怪，也挺有趣，但现在我该回去找我的羊群了。"

嘴上说得轻巧，可是当巴查想走的时候，却发现自己出不去了，岩石已经闭合。他被困在了洞穴内，与蛇为伴。

巴查生性乐观，他想了一会儿，耸了耸肩自言自语地说："好吧，既然出不去，那我只好在这儿过夜了。"

说完，他披上斗篷躺下，很快就进入了梦乡。

一阵细碎的沙沙声吵醒了他。巴查还以为是在自己的小屋里，坐起来揉了揉眼睛。接着，他看见山洞里闪闪发光的墙壁，想起了自己的冒险经历。

老蛇王仍然躺在金灿灿的桌子上，但已然清醒。它悠悠地扭着身子，巨大的蛇纹如波浪一般，一圈圈泛起涟漪。地上其余的蛇都对着金光闪闪的桌子快速吐着舌头，发出嘶嘶的声音："是时候了吗？是时候了吗？"

老蛇王慢慢地抬起头，低声嘶嘶地说："是的，是时候了。"

老蛇王

老蛇王展开长长的身体，从那张金灿灿的桌子上滑了下来，滑到岩洞的墙边。所有的蛇都在它后面扭动着。

巴查跟着它们，心想："我要跟着它们出去。"

老蛇王用舌头舔了舔墙壁，岩石裂开。然后它滑到一边，后面的蛇一条接一条地爬了出去。最后一条蛇出去之后，巴查试图跟上去，但是石门猛地关闭，再次把他关在了里面。

老蛇王用深沉的嘶嘶声对他说："哈，可怜的家伙，你出不去了！你就在这里，留在这里！"

"不，"巴查说，"在这里能做什么？我不能永远睡下去！你必须让我出去！我的羊还在吃草，山谷的家里还有个整天骂骂咧咧的妻子在等我。如果我回去晚了，她肯定会说我的！"

巴查又恳求又争辩，最后那条老蛇说："好吧，我放你出去，但你得先向我发三重誓，不告诉任何人进来的方法。"

巴查同意了。他三次郑重地起誓，不告诉任何人。

"我警告你，"老蛇王一边开门一边说，"如果有违此誓，你就完蛋了！"

巴查二话没说，匆匆穿过洞口。

出去后，巴查惊奇地环顾四周。一切似乎都变了样。之前跟着蛇群进入洞穴的时候还是秋天，现在已经是春天了！

"怎么回事？"他惊恐地喊道，"啊，我真是个倒霉蛋！难道一整个冬天我都在睡觉吗？我的羊呢？还有我的妻子，她指不定会怎么说我呢？"

巴查跟跟跄跄地向小屋走去。妻子在屋里忙个不停。巴查能从敞开的大门里看见她。他不知从何说起，所以溜进羊圈，藏了起来，想编个故事。

当巴查蹲在羊圈的时候，他看见一位穿着讲究的绅士走到小屋门口，问女主人巴查在哪里。

女人突然哭了起来，向陌生人解释说，去年秋天的一天，她丈夫像往常一样把羊牵走，再也没有回来。"杜奈，那条牧羊犬，"她说，"把羊群赶回家。从那天起，我那可怜的丈夫连个信儿都没有。我猜是狼把他吃了，或者是女巫抓住了他，把他撕成碎片，扔到山那边去了。而我却在这里，一个被遗弃的可怜寡妇！噢，天哪，噢，天哪，噢，天哪！"

她悲痛万分，巴查从羊圈里跳出来安慰她。

"我在这，我在这，亲爱的，别哭了！我在这里，活得好好的，没有被狼吃掉，也没有被女巫抓走！我只是睡在羊圈里，仅此而已。我一定是睡了整个冬天！"

一看到丈夫，听见丈夫的声音，那女人就停止了哭泣。她的悲伤转为惊讶，又从惊讶转为滔天怒火。

"你这混蛋！"她喊道，"你这一无是处的懒鬼！好啊，你这牧羊人当得真不错，抛弃你的羊群，像蛇一样睡懒觉度过整个冬天！这真是个好故事，可不是吗？你以为我这么蠢，会相信你这鬼话！噢，你——你这只羊毛里的脏虱子，你死哪儿鬼混去了？"

她双手向巴查扑去，如果没有那个陌生人阻拦，谁也不知道她会对巴查做些什么。

"好了，好了，"陌生人说，"你生气也没有用！显然他不可能在羊圈里睡一整个冬天。问题是，他去哪儿了？这里有点钱，给你，拿着它，回到山谷的小屋里去吧。把巴查交给我，我保证撬开他的嘴，把事情弄个水落石出。"

那女人又打了丈夫几下，然后把钱揣进口袋，离开了。

她一走，陌生人就变成了一个面目可憎的怪物，前额中间还有第三只眼睛。

"天哪！"巴查吓得喘不过气来，"是山上的巫师，怎么办？"

巴查经常听说关于这个巫师的可怕故事，比如他如何能随心所欲地变成任何样子，如何能把人变成羊。

"啊哈！"巫师哈哈大笑，"我知道你认识我！别撒谎了！告诉我，整个冬天你都上哪儿去了？"

起初，巴查想起了他对蛇王的三重誓言，他害怕毁约。然而，巫师第二遍、第三遍大声问出同样的问题，每次说话他的身形就会变得更庞大，面目也变得更惊悚，于是巴查忘记了他的誓言，坦白了一切。

"现在跟我来，"巫师说，"带我去悬崖。给我看看那株神奇的植物。"

巴查除了服从别无他法。他把巫师带到悬崖边，摘了一片神奇植物的叶子。

"打开那石门。"巫师命令道。

巴查用叶子碰了碰岩壁，石门立刻打开了。

"进去!"巫师命令道。

但巴查双腿颤抖，一动也不动。

巫师拿出一本书，开始念咒语。刹那间，大地震动，电闪雷鸣，空中传来一阵嘶嘶呼啸声，一条巨龙从山洞里飞了出来。那是老蛇王，它修炼了七年，已经化作飞龙。它庞大的嘴里不断吐出火和烟，长长的尾巴在森林里左摇右摆，粗壮的大树就像小树枝一样纷纷折断。

巫师仍在喃喃地念着咒语，他递给巴查一根缰绳。

"把这个套在它脖子上!"他命令道。

巴查抓住了缰绳，但他太害怕了，不敢动手。巫师又开始催促，巴查朝巨龙的方向犹豫地迈了一步。他举起手，准备把缰绳套上去。这时，巨龙突然转身，俯冲到他身下。巴查还没来得及回过神来，就在巨龙的背上了。巴查觉得自己越来越高，越来越高，越过森林的树梢，越过连绵的山脉。

一时间，天空一片漆黑，只有火苗从巨龙的眼睛和嘴巴里喷出，照亮前进的道路。

巨龙怒气冲冲地左右乱窜，如泄山洪一般喷着沸水，一边还嘶嘶着，咆哮着。巴查紧紧抓着巨龙的背，吓得魂飞魄散。

巨龙的怒气渐渐平息下来。它不再喷沸水，也不再喷火，嘶嘶声也不那么可怕了。

"感谢神！"巴查气喘吁吁地说，"也许现在它会回到地上，放我走。"

但巨龙的惩罚并没有结束。它越飞越高，慢慢地，地面上的山看起来像小小的蚁丘，最后连这些蚁丘都消失了。他们前进，前进，呼啸着穿过天上的星星。

最后，巨龙停了下来，一动不动地悬在空中。对巴查来说，这比飞更可怕。

"怎么办？怎么办？"他痛苦地哭泣着，"跳下去就死了！龙啊，可怜可怜我吧！飞回地面，放我走，我向神发誓，到死都不会再冒犯你！"

巴查的恳求本可以让一块石头都心生怜悯，但巨龙愤怒地摇了摇尾巴，巴查的恳求只会让它的心愈发坚硬。

突然，巴查听到云雀甜美的歌声，它正飞向天空。

"云雀！"他叫道，"亲爱的云雀，上天钟爱的鸟儿，救救我，我遇到大麻烦了！飞上天去，告诉全能的神，牧羊人巴查在龙背上，吊在半空中。告诉他，巴查永远赞美他，求他救救我。"

云雀把消息带到天上，全能的神怜悯这个可怜的牧羊人，摘下一些桦树叶子，在上面写下金色的字。他让云雀衔住叶子，把它扔在巨龙的头上。

云雀从天上飞回来，盘旋在巴查上空，扔下白桦树的叶子。

树叶落在巨龙的头上。突然间，巨龙整个身子往下沉，回到了地上，飞快的速度让巴查失去了知觉。

当巴查苏醒时，发现自己正坐在小屋前。他环顾四周。那藏着巨龙的悬崖消失了。除此之外，一切如初。

前进，前进，呼啸着穿过天上的星星

傍晚时分，牧羊犬杜奈正赶着羊群回家。有个女人沿着山路向他走来。

巴查长叹一声。

"谢天谢地，我回来了！"他自言自语道，"听到杜奈的吠声多好啊！我妻子来了！我知道她会骂我，但即使骂我，我也很高兴见到她！"

聪明的曼卡：慧心妙舌的女孩

　　从前有一个富裕的农夫，贪得无厌，卑鄙无耻。他总是使劲地讨价还价，占穷邻居的便宜。其中一位邻居是谦卑的牧羊人，农夫许诺送他一头小母牛作为回报。到了清账那天，农夫却拒绝把小母牛给牧羊人，牧羊人只好把这事告到了市长面前。

　　市长年纪轻轻，没什么经验。他听取了双方的意见，经过深思熟虑后说："我不做判决。我给你们俩出一个谜语，谁回答得好，就能得到那头小母牛，你们意下如何？"

　　农夫和牧羊人同意了。市长说："那么，我的谜语是'世上最快的东西是什么？最甜的是什么？最富有的是什么？'明天这个时候你们各自把答案告诉我。"

　　农夫怒气冲冲地回家了。

　　"年纪轻轻，什么狗屁市长！"他吼道，"如果他让我留着这头小母牛，我会给他送一蒲式耳①梨。可现在我很可能会失去小母牛，因为我实在不知道怎么回答这个愚蠢的谜语。"

"怎么了，亲爱的?"妻子问。

"是那个新市长。如果是老市长，他会毫不犹豫地把那头小母牛给我，可是这个年轻人想要通过猜谜来决定这事。"

农夫把谜语告诉妻子，妻子立刻表示她知道答案，农夫高兴极了。

"哎呀，亲爱的，"她说，"我们这匹灰马一定是世界上跑得最快的了。你也知道，如果我们骑着这匹灰马上路，就没有什么能超过我们。至于最甜的，你尝过比我们家蜂蜜更甜的东西吗?还有我敢肯定，没有什么比我们满箱金光闪闪的达克特②金币更贵重的了，我们可积攒了四十年呢。"

农夫喜笑颜开。"你说得对，亲爱的，你说得对!那头小母牛还在我们手心里!"

牧羊人回到家时情绪低落。他有一个女儿叫曼卡，聪明伶俐。曼卡在小屋门口迎接父亲，问道："怎么样，

---

① 译者注:蒲式耳是谷物和水果的容量单位，一蒲式耳约合三十六升。

② 译者注:达克特金币是第一次世界大战前的欧洲贸易专用货币，后逐渐退出历史舞台。

爸爸？市长怎么说？"

　　牧羊人叹了口气，说："恐怕我们要不到小母牛了。市长给我们出了个谜语，我觉得我永远猜不透。"

　　"也许我能帮上忙，"曼卡说，"谜语是什么？"

　　于是牧羊人把谜语告诉曼卡。

　　第二天，当牧羊人要去市长家的时候，曼卡告诉他

聪明的曼卡

该怎么回答。当牧羊人到达市长家时，农夫已经在那里搓着双手，脸上浮现出志在必得的笑容。

市长重复了一遍谜语，然后问农夫他的答案。农夫清了清嗓，神气十足地说："世界上最快的东西？是什么，我亲爱的市长，那当然是我的灰母马，从来没有其他的马在路上超过它。最甜的？自然是我蜂巢里的蜂蜜。最富有的？还有什么能比我满箱金币更富有的呢！"

农夫挺起胸膛，得意地笑了。

"嗯。"年轻的市长淡淡地说。然后他问："牧羊人的答案呢？"

牧羊人礼貌地鞠了个躬，说："世上最快的是思想，一眨眼就能到任何地方。世界上最甜蜜的事情莫过于睡觉了，当一个人又疲惫又伤心的时候，还有什么比睡觉更甜蜜的呢？最富有的东西是土地，因为世上所有的财富都来自土地。"

"好！"市长叫道，"很好！小母牛归牧羊人了！"

市长问牧羊人："现在告诉我，谁给你出的主意？我敢肯定，它们都不是你想出来的。"

起初，牧羊人想隐瞒，但在市长的追问下，牧羊人坦白，答案来自他的女儿曼卡。市长想再考验一番曼卡的聪明才智，于是派人去取了十个鸡蛋，把它们交给牧羊人说："把这些蛋拿去给曼卡，让她明天就把它们孵出来，然后把小鸡带给我。"

牧羊人回到家，把市长的话告诉了曼卡，曼卡笑着说："拿一把小米种子，直接回市长那里，对他说：'我女儿让我把这堆小米种子送给您。她说如果您此刻种下，明天就收获，她就会带来十只小鸡，您就可以给小鸡喂成熟的谷子。'"

市长听了这话，放声大笑起来。

"你女儿真聪明，"他对牧羊人说，"她这么聪明，如果长得也不错，我想我会娶她。叫她来见我，不过既不能白天来，也不能夜里来，既不能骑行，也不能走路，既不能穿衣服，也不能光着身子。"

曼卡知晓后，一直等到次日拂晓，此时夜幕已尽，白昼未至。她用渔网把自己裹起来，一只脚搭在山羊的背上，另一只脚踩在地上，来到市长家。

现在我问你：曼卡穿衣服了吗？没有，她没穿衣服。渔网不是衣服。光着身子吗？当然也不是，她不是还裹着渔网吗？曼卡步行去的市长家吗？不是，她没有走路，一条腿还搭在山羊身上呢。骑着羊来了吗？当然也没有，她不是还有另一条腿在地上走吗？

到了市长家，曼卡喊道："我来了，市长先生，我既没有白天来，也没有夜里来，既不骑行，也不走路，既没有穿衣服，也没有光着身子。"

年轻的市长见曼卡如此冰雪聪明，非常高兴，也对她标致的外表十分满意，于是立刻向她求婚，很快就娶了她。

"但是你要明白，我亲爱的曼卡，"市长说，"你不能用你的聪明才智损害我的利益。我不允许你干涉我任何事情。以后再有人到我这里来讨公道，你要是给他出主意，我会立刻把你赶出去，让你回家。"

有一阵子风平浪静。曼卡忙于家务，小心翼翼地不去干涉市长的任何案子。

有一天，两个农夫来找市长解决纠纷。其中一个农夫的母马在市场上生下小马驹。小马驹跑到了另一个农夫的马车下，于是马车的主人就宣称这小马驹是他的财产。

市长先生在审理案件的时候，脑子里还想着别的事，于是他漫不经心地说："在马车下发现小马驹的人，自然就是小马驹的主人。"

当母马的主人正要离开市长的家时，他遇到了曼卡，于是停下来把此事告诉了她。曼卡为丈夫做出如此愚蠢的决定而感到羞愧，她对农夫说："下午拿着渔网回来，把它铺在尘土飞扬的马路上。市长看见你，就会出来询问。你就说你在捕鱼。当他问你怎么能期望在满是尘土的马路上捕鱼时，你说这就像让马车生小马驹一样容易。这样他就会看到他的决定多么不公平，把小马驹还给你。但是请记住：千万别让他知道是我叫你这么做的。"

那天下午，市长不经意地朝窗外望去，看见一个人在尘土飞扬的马路上撒渔网。他走过去问道："请问你在干什么？"

"捕鱼。"

"这马路上只有尘土，在这里捕鱼？你犯傻了吗？"

"噢，"那人说，"那就像马车生小马驹一样容易。"

市长认出这个人就是母马的主人，他不得不承认对方是对的。

"小马驹当然属于母马，必须还给你。但是请告诉我，"他说，"是谁让你这么做的？这不可能是你的主意。"

农夫起初想不告诉市长，但在市长的盘问下，他还是说出了真相，即曼卡才是背后出主意的人。

市长非常生气，他回家把妻子叫来。"曼卡，"他说，"你忘了我曾经说过，如果你干涉我的案子会怎么样吗？你今天就回家。我不想听任何借口。就这么定了。你可以把家里最喜欢的东西带走，我可不想别人说我苛待你。"

曼卡没有抗议。"好吧，我亲爱的丈夫，我会照你说的做，带上家里我最喜欢的东西，回到父亲的小屋。但晚饭后再让我回去吧。我们在一起很快乐，我想和你一起吃最后一顿饭。我们别再说话了，就跟平时一样，友好地对待彼此，然后就像朋友一样和平分手吧。"

市长同意了，曼卡做了一顿丰盛的晚餐，所有菜都是丈夫的最爱。市长打开他精心挑选的葡萄酒，祝曼卡身体健康。然后他开始吃饭。晚餐实在太美味了，他吃了又吃，吃了又吃。他吃得越多，喝得越多，最后昏昏欲睡，直接在椅子上睡着了。曼卡没有把丈夫叫醒，她把他抬到马车上，马车正等着接曼卡回家见父亲。

第二天早上，市长睁开眼睛，发现自己躺在牧羊人的小屋中。

"这是什么意思？"他吼道。

"没什么，亲爱的，没什么！"曼卡说，"你还记得吗，你告诉过我，我可以带走家里我最喜欢的东西，所以我当然带你走了！仅此而已。"

市长惊讶地揉了揉眼睛。想到曼卡如何智取自己，市长不禁放声大笑。

"曼卡，"他说，"跟我相比，你实在太聪明了。走吧，亲爱的，我们回家去吧。"

于是他们爬上马车回家。

从那以后，市长再也没有骂过妻子，但每当出现非常棘手的案子时，他总是说："我想我们最好和我妻子商量一下。你知道的，她是个非常聪明的女人。"

铁匠的凳子：死不足惧

很久以前，耶稣和圣彼得一起在人间闲逛。一天晚上，他们来到一个铁匠的小屋，想借宿一晚。

"不客气，"铁匠说，"我是个穷人，但无论我有什么，我都很乐意与你们分享。"

他放下锤子，把客人领进厨房，用丰盛的晚宴招待了他们。饭后，铁匠说："我看你们舟车劳顿，一定累了。我的床在那儿。你们躺下来，一觉睡到天亮吧。"

"那你睡哪儿呢？"圣彼得问。

"我？别担心，"铁匠说，"我去谷仓，睡在稻草上。"

次日早晨，铁匠又为客人们准备了丰盛的早餐，然后送他们上路，祝他们旅途愉快。

离开之际，圣彼得拉着耶稣的袖子，小声说："先生，您不打算奖励这个人吗？他虽然穷，却还是盛情款待了我们。"

耶稣回答说："这个世界上所有的奖励都虚无缥缈。

我打算在天堂为他留一个位子。不过，我现在就给他点好处。"

然后耶稣转向铁匠说："问问自己想要什么。许三个愿，它们都会实现。"

铁匠喜出望外。他说了第一个愿望："我想活一百年，永远像现在这样强壮健康。"

耶稣说："很好，没问题。第二个愿望呢?"

铁匠默默想了一会儿，然后说："我希望能飞黄腾达，一辈子要什么有什么。但愿店里的生意永远像今天一样好。"

耶稣说："没问题。第三个愿望呢?"

铁匠想了又想，犹豫不决。最后他说："请您允许，但凡谁坐您昨晚吃饭时所坐的凳子，让他永远都站不起来，除非我放了他。"

圣彼得笑了，耶稣点点头说："这个愿望也会实现。"

于是他们分道扬镳，耶稣和圣彼得继续他们的旅程，铁匠回到了铺子。

耶稣承诺的事情一一应验。大量客人蜂拥而至。白驹过隙，日月如梭，但岁月却没有给铁匠留下任何痕迹。他和以前一样年轻力壮、精力充沛。朋友们都老了，一个接一个地死去。孩子们长大了，结婚了，又有了自己的孩子。孙子们又一个接一个地长大。岁月让他们经历青春、壮年和老年。只有铁匠一如往昔。

一百年很长，但最终也会到头。

一天晚上，铁匠一边哼着歌，一边收拾工具。突然传来了敲门声。铁匠停止了歌唱，喊道："谁啊？"

"是我，死神。"一个声音回答说，"开门，铁匠。该上路了。"

铁匠猛地打开门。

"欢迎，"他对站在门口的女人说，"我先收拾好工具。"接着，铁匠微微一笑，"亲爱的女士，为何不坐到这张凳子上休息一会儿呢？您在人间来回奔波，一定累坏了。"

死神一点也不怀疑，坐到凳子上。

铁匠突然放声大笑："现在你落到我手上了，女士！你就一直待在这儿吧，直到我放了你！"

死神想起身，却无法起身。她扭来扭去，空洞的骨头嘎吱作响。她咬牙切齿，使尽千方百计，却徒劳无功。

铁匠咯咯地笑着，又唱起了歌。他离开死神，继续干活。

但很快铁匠就发现困住死神会带来意想不到的结果。首先，他想马上做一顿盛宴来庆祝自己死里逃生。铁匠有一头肥猪，已经养了一段时间。他想宰了这头猪，把它做成美味的辣香肠，请邻居好友都来品尝。然后再把猪腿挂在烟囱里熏干。

铁匠用斧子砍了一斧，肥猪却丝毫没有反应。他又猛砍了猪的头部，这回猪在地上打滚。但当铁匠过去准备割喉时，肥猪起身一跳，呼噜一声欢快地跑走了。铁匠惊讶不已，还没回过神来，肥猪就已经消失得无影无踪了。

接着铁匠又想杀一只鹅。他有一只肥鹅，为了把它拿到村里集市上卖，他之前给它喂了不少东西。

"香肠从我眼皮子底下跑走了，"他说，"我只能吃烤鹅了。"

但是当他试图割开鹅的喉咙时，鹅滴血未流。铁匠吃惊地松开手，鹅从他手中滑落，咯咯地叫着去追那头肥猪了。

"今天怎么回事？"铁匠自言自语道，"看来我吃不了香肠，也吃不了烤鹅，只能吃鸽子了。"

铁匠到鸽舍抓了两只鸽子，把它们放在砧板上，用斧子一砍，把它们的头砍了下来。

"瞧！"他得意扬扬地喊道，"这回被我逮住了吧！"

但就在他说话的当儿，那两个被砍下来的小脑袋又自己接回到脖子上，好像什么事也没有发生过。两只鸽子高兴地咕咕叫着飞走了。

终于，电光火石之间，真相在铁匠脑海里一闪而过：只要他把死神拴在那张凳子上，就没有什么东西会死！当然不会！所以，再也没有辣香肠，再也没有熏火

两只鸽子高兴地咕咕叫着

腿，再也没有烤鹅——甚至连烤鸽子也没有了！铁匠喜欢美食，这对他来说可不是什么好消息。但是他能做什么呢？放了死神吗？绝对不行！他会是第一个牺牲品！好吧，如果没有新鲜的肉，那就只能吃豌豆、粥和面饼果腹了。实际上，他也必须这么做，这也是每个人在储粮吃完时都必须做的事。

夏去秋至，冬去春来，又有出乎意料的灾难发生了。天气转暖，夏季里所有的昆虫都复活了，冬日的严寒冻不死它们。它们所产的卵都已孵化，地上、空中、水里都挤满了活物。田野里各种各样的鸟、老鼠、蚱蜢、蝗虫——各种害虫黑压压一片，吃尽了所有绿色植物。草地看上去就像被一场大火烧得干干净净。果园里的每一片叶子和每一朵花都被啄得光秃秃的。湖泊和河流充斥着成群的鱼、青蛙和其他水生生物，水受到污染，人类再也无法饮用。水里和陆地上都挤满了生物，一个都杀不了。就连空气中也到处是成团的蚊子、飞虫和苍蝇。人们像饱受折磨的恶鬼一样四处游荡，不想活了却又死不掉。

铁匠终于意识到他愚蠢的愿望给世界带来了无尽痛苦。

"我明白了，"他说，"原来死神也有自己的工作要做，我不该囚禁她。"

于是铁匠把死神从凳子上放了下来。当死神把骨瘦如柴的手指放在铁匠喉咙上时，他没有挣扎。

生命之烛：一对父子与死神教母

从前有个穷人叫马丁。马丁一贫如洗，妻子生下一个小男孩后，他找不到一个愿意给儿子做教母的人。

"没有，"他对妻子说，"所有我问过的人里面，没有一个愿意在洗礼时抱着我们的小婴儿。"

可怜的母亲呜呜咽咽地哭，马丁在一旁尽力安慰她。

"别灰心，亲爱的。我保证儿子会受洗。我会亲自带他到教堂，找不到教母，我就在路上叫个女人帮忙。"

马丁把婴儿裹得严严实实，抱着去教堂。在路上，马丁遇到了一个女人，便请求她做孩子的教母。女人立刻接过孩子，抱着他完成了洗礼。

马丁以为她不过是个普通女人，实则不然。她是在人群中穿梭的死神，当人们寿数尽了，她就过来带走他们。

洗礼结束后，女人邀请马丁一起回家。到家后，她领着马丁走过各个房间，进入大地窖。他们在地下走了很长一段路，穿过一个又一个地窖，最后来到一个点着成千上万支蜡烛的地方。有刚点上的长蜡烛，有烧到一半的蜡烛，还有几支快要燃尽的短蜡烛。在屋子的另一头，还有一堆蜡烛没有点上。

"这些，"死神说，"是世上所有人的蜡烛。当一个人的蜡烛燃尽时，我就该去找他了。"

"教母，"马丁指着一根快要燃尽的蜡烛说，"那是谁的蜡烛？"

"朋友，那是你的蜡烛。"

马丁吓坏了，恳求死神换支长蜡烛，但死神摇了摇头。

"不，朋友，"她说，"我不能那样做。"

她伸手去拿一根新蜡烛给刚受洗的婴儿点上。当她背过身时，马丁抓起一根长长的蜡烛，将它点燃，然后把它压在自己快要燃尽的蜡烛头上。

当死神转过身来看到马丁所做的一切时，她眉头紧锁，面露责备。

"朋友，这种把戏没有意义。不过事已至此，它确实延长了你的寿命。"

随后她递给马丁几枚达克特金币作为洗礼礼物，又把婴儿抱在怀里，说："现在让我们回家，把小婴儿还给他母亲。"

在马丁的小屋里，死神安慰这位可怜的母亲，然后谈起了小婴儿。马丁到酒馆买了一罐啤酒。然后，他把家里最好的食物端上餐桌。死神教母坐在长凳上，他们一起享用。

"马丁，"死神终于开口，"你太穷了，我必须为你做点事。我会让你成为一名伟大的医生。我会在全世界传播疾病，然后你去治病。你将名扬天下，人们会请你去，给你丰厚的报酬。以后我们就这样：当你听说有人生病了，去他家，主动提出给他治病。我会在那里，除了你，谁也看不到我。如果我站在病人床尾，那就表明病人会痊愈。你就可以给他开药，等他痊愈了，他就会认为是你治好了他。但如果我站在病人床头，那就表明他活不成了。你必须面目严肃，宣布他已无药可救。病人死后，人们就会夸你多么有先见之明。"

死神进一步给了马丁许多指点，接着在向教子和孩子母亲亲切地告别后，她离开了。

一段日子过去，马丁成为一名伟大的医生，声名远扬。死神教母在哪里传播疾病，马丁就到哪里治病。君王贵族们听说了此人，便派人去请他。马丁用药膏擦擦，或者给了一两剂苦药，他们就会恢复过来，对马丁感恩戴德，有求必应，而且给的酬劳往往比要求的更多。

马丁总是铭记死神的警告：如果她站在病人床头，

就不要给他治病。然而，有一次他没有这样做。一位家财万贯的公爵请他来治病。当马丁走进房间时，他看见死神站在公爵床头。

"你能治好他吗?"他们问马丁。

"不能保证，"马丁说，"但我会尽力。"

马丁让仆人把公爵的床倒过来，床尾对着死神。公爵恢复了健康，给了马丁一笔丰厚的报酬。

下次见面时，死神责备马丁："朋友，别再对我使那种把戏。你也没有真正救了他。公爵的寿命到头了，必须走向他的命定归宿。我有责任带他过去。你以为你救了他，他也这么想，可是你们都错了。你给他的只是片刻的喘息。"

岁月流逝，马丁逐渐老去，头发花白，肌肉僵硬。他年老体弱，生活不再是一种乐趣。

"亲爱的死神教母，"他喊道，"活着太累了，带我这把老骨头走吧!"

但死神摇了摇头："不，朋友，我还不能带你走。你延长了生命之烛，现在必须等它燃尽。"

终于有一天，马丁看完病人，坐在马车上回家，死神和他一起上了马车。他们谈论着过去的事，一起笑了起来。然后死神开玩笑地用一根绿色的树枝挠了挠他的下巴。马丁的眼皮立刻变得沉重起来。

马丁的头越来越低，很快就伏在死神的膝上睡着了。

"他死了，"人们往马车里一看，纷纷说道，"大名鼎鼎的马丁医生死了！噢，他是一个多么伟大的好人啊！谁能接替他的位置呢?"

人们厚葬了他，全世界都为此哀悼。

马丁的儿子约瑟夫是个愚蠢的家伙。有一天，在去教堂的路上，死神教母遇见了他。

"噢，约瑟夫，"她问，"过得怎么样?"

"很好，谢谢。我可以靠父亲的积蓄活一阵子。等钱花光了，我不知道还能做什么。"

"啧啧！啧啧！"死神责备道，"话不能这么说。你也知道，我是你的教母，你受洗的时候就是我抱着你。我让你父亲名利双收，现在轮到你了。我会把你送到一个了不起的医生那里当学徒，我保证你很快就会青出于蓝而胜于蓝。"

死神在约瑟夫的耳朵上抹了一层药膏，然后把他带到医生那里。

"我希望你收这个年轻人为学徒，"死神说，"他是个可靠的小伙子，会给你增光的。把你毕生所学倾囊相授吧。"

医生收了约瑟夫。到田野里采草药时，他带上这位年轻人一起。

死神教母给约瑟夫涂的魔法药可以让他听懂草药的

低语。每当约瑟夫采一种草药，它都会小声说出自己的秘密属性。

"我能治发烧。"一株草药低声说。

"我能治皮疹。"

"我能治疮。"

医生对徒弟的草药知识感到惊讶。

"你比我更了解他们，"他说，"你从不犯错，你才是我的老师。我们合作吧。我在你手下工作，一起发明神奇的治疗方法。"

就这样，由于教母的恩赐，约瑟夫成为一名伟大的医生，据说不论什么疾病，他都可以找到草药治疗。约瑟夫快乐地活了很久，直到最后他的蜡烛燃尽，仁慈的死神教母带走了他。

魔鬼的礼物：与魔鬼交友的人

从前有一个鞋匠和一个农夫，他们年轻时是好朋友。鞋匠结婚了，子女众多，农夫是孩子们的教父。于是，两人互称彼此为"教父"。当他们碰面时，便"教父，教父"叫个不停。鞋匠是个勤劳的小个子，但因为有那么多张嘴嗷嗷待哺，他一直很穷。而农夫呢，因为不需要养孩子，很快就发财了，攒下很多钱。

年复一年，财富开始改变农夫的性情。他越有钱，越贪心，人们都在他背后窃窃私语，说他既贪财，又吝啬。农夫的妻子跟他半斤八两，也很抠门，尽管他们既没有小鸡也没有小孩要养。

随着农夫变得越来越富有，他对穷朋友以及孩子们也越来越漠不关心。现在，当孩子们叫他"教父"时，农夫就不耐烦地皱起眉头。不论什么时候，他一看见孩子们就装作忙得不可开交，生怕他们会请他帮忙。

有一天，农夫宰了一头牛，可怜的鞋匠过来对他说："亲爱的教父，你刚刚大赚了一笔。送我一小块肉好吗？我的妻子和孩子们还饿着呢。"

"不！"富人吼道，"我为什么要养活你的家人？你应该像我一样存钱，这样你就不需要向任何人求助了。"

鞋匠非常羞愧，回家把朋友的话告诉了妻子。

"回去找他，"鞋匠妻子坚持说，"再说一遍，他的教子们饿了。我觉得他还没听懂。"

于是，可怜的小个子鞋匠回到了富人身边。他抱歉地清了清嗓子，结结巴巴地说："亲……亲爱的……教父，你……不想让你可可……怜的教子挨饿吧？只要给我……一小块肉就行了。就……就够了。"

富人一怒之下，拿起一大块肉扔向他可怜的朋友。

"给你！"他吼道，"带着那块肉下地狱吧，告诉魔鬼是我派你去的。"

鞋匠捡起那块肉。全是肥肉和软骨。

"带这个回家也没用，"鞋匠想，"我还是按教父说的做吧。没错，我要下地狱，把它献给魔鬼。"

于是鞋匠下了地狱，到了地狱门口。站岗的小魔鬼高兴地向他打招呼。

"你好，鞋匠！来这儿干什么？"

"我有一份礼物送给魔鬼，一块教父送给我的肉。"

小魔鬼卫兵理解地点了点头。"明白，明白。那好

吧，跟我来，我带你去见路西弗王子。但我先给你一点
建议。当王子问你想要什么礼物作为回报时，告诉他你
想要桌子上的桌布。"

小魔鬼领着鞋匠来到路西弗王子面前，王子非常体
贴地招待了他。鞋匠把教父的话告诉王子，并把那块肉
递给他。路西弗彬彬有礼地接受了那块肉，然后他说：
"现在，亲爱的鞋匠，我送你一点小礼物作为回报吧。你
在这儿有看到什么想要的东西吗？"

"如果王子愿意，"鞋匠说，"请把铺在您桌子上的布
给我。"

路西弗二话没说，就把桌布递给他，并祝他回程

路西弗王子

愉快。

鞋匠正要离开时，那个友善的小魔鬼卫兵对他说："我只想告诉你，那可不是一块普通桌布。真的！每当肚子饿得咕咕叫的时候，你只需把桌布摊开，然后说：'一人份好酒好菜！'或者，你想要多少份，立刻就会出现多少份。"

竟然有这等好运气，小个子鞋匠喜出望外，急匆匆回到了人间。夜幕降临时，他在一家饭店前停了下来。鞋匠认为这是一个试桌布的好地方。于是他从包里取出那块桌布，铺在桌子上，说："一人份好酒好菜！"

刹那间，一顿丰盛的晚餐便出现了。鞋匠尽情享用，吃饱喝足。

饭店老板是个卑鄙无耻、贪得无厌的家伙，当他看到桌布的神奇后，心痒难耐。他把妻子叫到一边，小心翼翼地低声说他所看到的一切。妻子的眼睛里也闪现出贪婪的目光。

"亲爱的，"她低声回答，"我们必须得到那块桌布！有了桌布，我们就发财了！等今晚鞋匠睡着了，我们就去偷他的桌布，把我们自己的桌布给他。这小伙子头脑简单，看不出来的。"

当晚鞋匠睡着之后，饭店老板和老板娘蹑手蹑脚地进来，偷走了那块神奇的桌布，又把他们自己的桌布塞进鞋匠的包里。

第二天早上，鞋匠醒了，摊开包里的布，说道："一人份好酒好菜！"

当然，什么也没发生。

"奇怪了，"他想，"我得把这个还给魔鬼，再请他给我点别的东西。"

于是鞋匠没有回家，转身回到地狱，敲了敲门。

"你好，鞋匠！"看守的小魔鬼说，"你怎么又来啦？"

"噢，是这样的，"鞋匠解释说，"这块桌布昨晚还好好的，但今天早上就不顶用了。"

小魔鬼咧嘴一笑。

"噢，我明白了。你想让路西弗王子把它拿回去，再给你点别的东西，是吗？他肯定会的。如果你需要我的建议，那么我想说，你得要烟囱角落里的那只红公鸡。"

王子像之前一样友好地接待了鞋匠，并且很乐意用桌布换红公鸡。鞋匠回到大门口时，那个小魔鬼卫兵说："我看那只红公鸡已经在你手上了。现在我只想告诉你，那可不是普通的公鸡。每当你需要钱的时候，你只需把公鸡放在桌子上，说：'叫，公鸡，叫！'它会叫的，只要它一张嘴，一枚达克特金币就会从它的嘴里掉下来！"

"我太幸运了吧！"小个子鞋匠一边跑回地面，一边想。

夜幕降临时，他又在那家饭店门口停了下来，点了晚餐。到了付款的时候，他把红公鸡放在桌子上，说："叫，公鸡，叫！"

公鸡叫了一声，果然一枚金币就从嘴里掉了出来。

老板露出垂涎欲滴的神情，不怀好意地舔舔嘴唇，匆匆向妻子走去。

"我们刚好有一只红公鸡，"妻子说，"等鞋匠睡着了，我们就换走鞋匠的红公鸡。这家伙头脑简单，永远都不会看出来的。"

第二天早饭后，鞋匠把公鸡放在桌子上说："叫，公鸡，叫！"

当然，什么也没有发生。

"我不知道你怎么了，"鞋匠对公鸡说，"我要把你送回魔鬼身边。"

于是他又踏上了地狱之路，向看守的小魔鬼解释说，公鸡不再从嘴里吐金币了。

小魔鬼听了，咧嘴一笑。

"你是想让路西弗王子给你点别的东西吧，对吧？"

鞋匠点点头。

"他肯定会的。"小魔鬼说，"他似乎很喜欢你。现在我建议你要放在炉子下面的两根棍子。"

当鞋匠再次被带到路西弗面前时，他向王子解释说，红公鸡不起作用了，请殿下给他点别的东西。王子非常和蔼可亲。"当然可以。"他说。

"那么，殿下，我想要炉子下的两根棍子。"

路西弗把棍子给了他，并祝他回程愉快。

当鞋匠回到大门口时，那个小魔鬼卫兵摇头晃脑，眨了眨眼睛。

"鞋匠，"他说，"那可是很好的棍子！你不知道它们有多好！嘿，你叫它们干什么，它们就干什么！如果你指着一个人，对两根棍子说：'去给那家伙挠痒痒吧。'它们就会跳来跳去，跳到他的胳肢窝下挠痒痒。如果你说：'揍那个家伙！'它们就会揍他。如果你说：'打倒他！'他们会把他打得落花流水。你可以先拿饭店老板和老板娘开刀，因为他们一直在捉弄你。他们偷走了你的桌布和公鸡。今晚你到饭店时，那里正在举办婚宴，所以他们会说没有位子招待你了。别争论，悄悄拿出你的棍子，命令它们在参加婚礼的宾客中四处走动。然后命令它们痛揍一顿老板和老板娘，他们很快就会求饶，哭着求着要把你的财产还给你。"

鞋匠感谢了小魔鬼的忠告，把棍子放进包里，爬回了地面。

当他到达饭店时，果然一场婚宴正在进行，宾客们载歌载舞。

"滚出去！"饭店老板喊道，"没有你的位子了！"

鞋匠一言不发地拿出棍子，说："棍子，到客人中间转转！"

霎时，那两根棍子在宾客中间跳来跳去，给一些人挠痒痒，又把另一些人绊倒在地，现场一片混乱。

"现在去揍一顿老板和老板娘！"鞋匠喊道。

听到此话，棍子跳到了老板和他妻子身上，开始打他们的头和肩膀，直到他们跪地求饶。

"现在你们愿意把桌布和公鸡还给我了吗？"鞋匠问道。

"愿意！愿意！只要你把棍子拿走，我们就把桌布和公鸡还给你——我们发誓！"

鞋匠觉得惩罚够了，便令棍子停下，老板和老板娘颤颤巍巍地离开了。不一会儿，他们带着桌布和公鸡回来了。

鞋匠回到家，包里完好无损地装着魔鬼送他的三份礼物。

"亲爱的！孩子们！现在我们可以大吃一顿了！"鞋匠铺开桌布说："十人份好酒好菜！"

刹那间，桌面上便出现了饕餮盛宴，可怜的妻子和饥饿的孩子们一时间都不敢相信自己的眼睛。然后他们就开始……噢！我没法告诉你他们都吃了些什么！

他们再也吃不下了，鞋匠说："这还不是全部。我包里还有别的东西。"

他拿出棍子，说："棍子，逗孩子们玩！"

两根棍子立刻在孩子们中间跳来跳去，挠挠孩子们的胳肢窝，逗得他们哈哈大笑。

"还没完呢！"鞋匠说，"包里还有别的。"

他拿出红公鸡，放在桌子上，说："叫！公鸡！叫！"

公鸡叫了一声，一枚金币从嘴里掉了下来。

"噢！"孩子们惊呼，最小的孩子恳求说："再来一次！再来一次！"

鞋匠又说："叫！公鸡！叫！"

一枚金币又从公鸡嘴里掉了下来，孩子们被逗乐了。鞋匠让公鸡叫了一整夜，房间里堆满了闪闪发光的金币。

第二天，鞋匠对妻子说："我们必须数数有多少钱。叫一个孩子到教父那儿去借一蒲式耳的量具。"

于是最小的那个孩子跑到富人房子里，说："教父，父亲问你能不能借我们一蒲式耳的量具数数家里的钱有多少？"

"数钱？"富人说，"亲爱的，我们要扔掉的那个旧量具哪儿去了？借给这些乞丐再好不过了。"

富人的妻子不情愿地递给孩子一个破旧的量具，并且严厉地说："用完马上还回来！"

不一会儿，小女孩就把量具还回来了。

"谢谢你，教父，"她说，"我们有一百蒲式耳。"

"一百蒲式耳！"孩子走后，农夫轻蔑地重复了一遍，"一百蒲式耳什么？亲爱的，你往量具里瞅瞅，看看有没有蛛丝马迹。"

女人瞟了一眼，发现一枚金币卡在狭缝里。她把它拿了出来。一看到金币，她和丈夫的脸嫉妒得发白。

"你觉得那些乞丐真的有钱吗？"农夫说，"我们最好马上去看看。"

于是他们急忙跑到鞋匠的小屋，热情地与鞋匠和他妻子握手。农夫和妻子搓着双手，笑了又笑，农夫说道："亲爱的教父，你好吗？亲爱的教子们都好吗？你们遇到什么好事了？"

"这都是你的功劳。"鞋匠说。

"我吗？"农夫问道。想到有人从他这里得到了好处，农夫心里不太舒服，但他还是继续微笑着搓着手。"给我讲讲吧，亲爱的教父。"

"还记得你给我的那块肉吗？"鞋匠说，"你叫我把它交给魔鬼。我听了你的话，把它作为礼物送给了魔鬼，作为回报，魔鬼给了我所有这些美妙的东西。"

鞋匠把桌布铺开，让公鸡吐金币，还让棍子在房间里欢快地跳舞，挠孩子们的胳肢窝。农夫和他妻子嫉妒得越来越难受，但他们还是不停地微笑，搓着手，问问题。

"告诉我们，亲爱的教父，"他们说，"你是怎么去地狱的？当然啦，我们没想去，就是问问而已。"

鞋匠给他们指路，于是他们急忙赶回家，宰了上等的牛，背着精心挑选的肉，跟跟跄跄地冲向地狱。

看守的小魔鬼看到他们走过来，咧嘴一笑。

"欢迎！"他喊道，"等你们很久了！进来吧。"

小魔鬼带他们去见路西弗王子，王子立刻认出了他们。

"你们能自己乖乖送上门真是太好了，"他说，"省得我去人间跑一趟。前几天我还在想，是时候去找你们了。看看你们带来的那么多好肉！我真高兴见到你们！碰到像你们两个这样贪婪吝啬的人，这机会也是不多啊。你们两位真是地狱最好的装饰品，我想我只能把你们永远留在这里了！"

于是，富农和他妻子再也没有在人间出现过。

至于鞋匠，他们一家子幸福长寿，与别人分享自己的好运气，从未忘记曾经受苦受难的日子。因为他们很善良，所以魔鬼的礼物带给他们的只有幸福。

小魔鬼带他们去见路西弗王子

"温柔的朵拉": 魔鬼娶了泼妇

从前有个年轻的魔鬼, 他在人间游荡时发现了一本书。他漫不经心地把它塞进口袋, 带着它下了地狱。这本书里有一个富人善举清单, 而善举的记载当然是绝不允许进入地狱的。

年轻的魔鬼在人间游荡

地狱里的魔鬼们翻开这本书时，被同伴的愚蠢激怒了，他们立刻把他拖到路西弗王子面前受罚。

路西弗听到此事，严肃地摇摇头。

"你犯了大错，"他对罪犯说，"我给你两种选择赎罪：往后七年，你必须每天带一个灵魂下地狱，或者你必须在人间待满七年，为人类服务。你选哪个？"

小魔鬼知道自己不够聪明，不可能在七年时间里每天都引诱一个灵魂。所以他说："如果必须选一个的话，王子殿下，让我在人间流放七年吧。"

于是路西弗宣布了判决，小魔鬼被赶出了地狱，并且受到警告，未满七年不许再回来。

他悲痛欲绝，孤苦伶仃，在人间到处流浪，寻找工作。看到那张漆黑的脸庞，人们顿生戒心，将他拒之门外。

一天，小魔鬼遇到了一个人，向他讲述了自己的故事。

"就因为我是魔鬼，"小魔鬼最后说，"没有人会雇用我干活。"

"我知道你在哪里可以找到工作，"那人告诉他，"就在下一个村庄后面，有一个大农场，农场主是个女人。她一直在招工，但因为她说话刻薄，脾气又坏，没有人能跟她在一起超过一个月。她叫朵拉，附近的人都戏称她为"温柔的朵拉"。你为什么不和她一起工作呢？你既然是魔鬼，也许比她还厉害呢。"

魔鬼感谢了男人的建议，立刻去找"温柔的朵拉"。"温柔的朵拉"，像往常一样人手短缺，于是她立即雇用了魔鬼，尽管他的脸漆黑无比。

从始至终，朵拉都把他当奴隶一样日夜使唤，不停地责骂，连半口饭都不给吃。这个可怜的家伙日渐消瘦，脸色变得苍白。几个月过去了，新的一个月永远比前一个月更难熬。

"我能干一天的活，比所有人都干得好，"魔鬼心想，"可是，不论是人类还是魔鬼，谁也受不了这个女人没完没了的唠叨。噢，天哪，噢，天哪，我该怎么办？"

现在"温柔的朵拉"正在找对象。她曾经有过五任丈夫，全部都被她唠叨死了。由于这一记录，村子里的每一个单身汉和鳏夫都有点害怕，拒绝当她的第六任丈夫。

魔鬼，正如我之前所说，他是个头脑简单的家伙。最后他自作聪明地决定求娶朵拉。魔鬼确信一旦自己成为朵拉的丈夫，她就不会给他分配这么多工作，也会给他更多食物。于是魔鬼向朵拉求婚。

那位有钱的寡妇并不怎么喜欢魔鬼那张黑脸，但是她又想找个丈夫，所以，既然看不到别的希望，就接受了他。

"至少，"她心想，"让他做我的丈夫，我可以省下他的工钱。"

没过多久，魔鬼就发现做丈夫比做劳工还要辛苦。现在，不仅工资没有了，还有十倍的事情等着他去做，而"温柔的朵拉"只是花时间给他找活干，其他什么也不做。

"如果没有人来照顾我，"她嚷嚷着，"我还算是结婚了吗?"

于是朵拉就站在魔鬼身边，破口大骂，挑毛拣刺，而魔鬼，这个可怜的家伙，一个人干着六个人的苦活，汗流浃背。

随着时间的流逝，魔鬼越来越瘦，脸色越来越苍白。魔鬼每吃一口，"温柔的朵拉"就不舒服，总是喋喋不休地报怨他是个大胃王。

终于有一天，朵拉对他说："你简直快把我吃得倾家荡产了。从现在起，你得付钱吃饭。我是个诚实的女人，会公正地对待你。今年我们将平分收成。你要地上的，还是地下的?"

这听起来很公平，魔鬼说："把地上的部分给我。"

于是，"温柔的朵拉"让人把整个农场都种上了土豆、甜菜和胡萝卜。到了收获的季节，她把所有叶子都给了魔鬼，自己却把所有果实都拿走了。

那年冬天，要不是邻居们怜悯他，给他吃的，那可怜的家伙早就饿死了。

到了春天，"温柔的朵拉"问魔鬼想要新庄稼的哪一部分。

"这次，"他说，"把地下的那部分给我。"

朵拉同意了，接着把整个农场种上了小米、黑麦和罂粟籽。到了收获的季节，朵拉把所有长在地上的粮食都收了起来，告诉魔鬼，那些留在地下毫无价值的庄稼茬是他的。

"跟这样一个女人生活在一起太可怜了，我怎么这么倒霉？"他痛苦地想。魔鬼灰心丧气，闷闷不乐地走到路边坐下。家庭的烦恼沉重地压在身上，他很快就哭了起来。

不一会儿，一位刚出师的鞋匠走过来，对他说："伙计，你怎么了？"

魔鬼看着鞋匠，觉得他面目和善，就把自己的故事告诉了他。

鞋匠问："你为什么要忍受这样的待遇？"

魔鬼吸了吸鼻子。

"有什么办法呢？我和她结婚了。"

"怎么没有办法呢？"鞋匠重复道，"伙计，看着我。我家里也有一位'温柔的朵拉'。和平相处是不存在的，所以在一个阳光明媚的清晨，我早早地起床，把工具箱

他很快就哭了起来

扛到肩膀上，离开了她。现在我四处漂泊，这里补一只鞋，那里补一只鞋，比以前快活多了。你为什么不离开你'温柔的朵拉'，跟我一起走呢？我们总会有出路的。"

魔鬼欣喜若狂，毫不犹豫地跟着鞋匠走了。

"带我走，你不会后悔的，"魔鬼说，"你别看我长得这么瘦这么白，但其实我是魔鬼。我可以报答你。"

两人靠鞋匠的收入生活了很久。终于有一天，魔鬼说："伙计，你我做朋友已经很长一段时间了。现在轮到我为你做点什么了。我有个好主意。你看到我们要去的那个大城镇了吗？这样，我跑到前面，附身在王子的小女儿身上。你走慢一点，当听到王子花重金求诊，你就到宫殿里来吧。当他们带你来到公主面前的时候，你就故作神秘地对着她做些奇怪的动作，嘴巴里还要念叨一些古怪的咒语。然后我就离开她的身体，王子就会奖赏你的。"

魔鬼的计谋得逞了。鞋匠来到城里时，传令官正在宣布一个不幸的消息：公主被魔鬼附身，王子正在寻找一个能干的驱魔师。

鞋匠出现在宫殿里，故作神秘地对着公主做了一些奇怪的动作，假装念着咒语，很快就成功驱魔了。

为了表示感谢，王子付给鞋匠一百枚达克特金币。

魔鬼在城门外等着鞋匠。

鞋匠把金币给他看。

"你看，"魔鬼说，"我不是一个忘恩负义的魔鬼。"

他们在其他几个城市也采用了同样的伎俩，最后鞋匠有了一大袋沉甸甸的金币。

"现在你是个有钱人了，"魔鬼说，"我们可以分道扬镳了。七年过去了，我很快就要回地狱了。但在我离开之前，我要再附身于一位公主。我服侍"温柔的朵拉"那么久，现在我感觉能控制一个人实在太愉快了。这次你别想赶我走。你现在出名了，公主的父亲可能会把你找出来，求你治好他女儿的病，但你必须推辞。这就是我对你的全部要求。要是你答应了他们，我就上你的身作为惩罚。别忘了！"

互相道了别后，鞋匠和魔鬼便分开了。鞋匠往西走，魔鬼往东走。

不久，消息开始在全国上下传开，说有一个来自东方的伟大国王需要著名的驱魔师诊治他的女儿。国王的使者找到了鞋匠，强扭着把他拖到了宫廷。鞋匠称自己无能为力，但国王不听，并威胁说，如果鞋匠不尽力而为，那就酷刑伺候，甚至直接处死。

"好吧，"鞋匠经过深思熟虑后说，"把公主拴在床上，命令所有的侍从出去，让我一个人去看她。"

国王答应了，鞋匠大胆地走进公主的房间。

"嘘！魔鬼！"鞋匠轻声喊道。

魔鬼立刻从公主的嘴里跳了出来，当他看到鞋匠时，生气地直跺脚。

"什么！"他喊道，"我警告过你！难道你不记得我对你说过的话吗？"

鞋匠把手指放在嘴唇上，眨了眨眼睛。

"小声点，伙计，"他低声说，"小声点！我不是来驱魔的，我是来提醒你的。你还记得你那可爱的妻子'温柔的朵拉'吗？好吧，她跟踪你来到了这里，现在正在院子里等着你呢。"

魔鬼吓得脸色发白。

"温柔的朵拉！"他气喘吁吁地请求说，"路西弗王子，救命！"

他二话没说，跳出窗户，飞快地下了地狱，速度之快，好似风在后面追着他。魔鬼太害怕"温柔的朵拉"了，再也不敢在人间露面。

而鞋匠呢，国王重赏了他。他至今还在逍遥自在地四处游荡。每当听说有个女人是泼妇时，鞋匠就说："嘿，她可真是个'温柔的朵拉'，不是吗？"

当人们问他："谁是'温柔的朵拉'？"鞋匠就会给他们讲这个故事。

魔鬼的比赛：铭记祖母教导的农夫

从前，有一个贫穷的农夫，住在村外一个破烂不堪、摇摇欲坠的农舍里，只有一块巴掌大的田地。孩子们都衣衫褴褛，饥肠辘辘，妻子总是担心孩子们吃不饱。

然而，农夫是个聪明人，精于盘算，脑子转得很快。人们过去常说，若是有机会，他甚至还能愚弄魔鬼。

有一天，机会来了。妻子让他到森林里去拾一捆柴火。

突然，一个小伙子毫无预兆地站在他面前，脸庞漆黑无比，眼睛炯炯有神。

"这肯定就是魔鬼了，"农夫自言自语道，"害怕也没有用。"于是他对魔鬼说了些客气话，祝他一天愉快。

魔鬼其实是一个非常淳朴的人，他也向农夫打了个招呼，问他在森林里干什么。

现在，农夫突然想起，祖母曾经告诉过他，魔鬼害怕酸橙树，因为酸橙树的树皮是世上他们唯一无法折断的东西。这就是为什么当你抓住一个魔鬼时，你必须用树皮把他的手捆起来。

于是，农夫漫不经心地说道："噢，我在找一棵酸橙树。我想剥一点树皮。然后我就去找魔鬼。"说到这里，他意味深长地停顿了一下——"把他们手脚都捆起来。"

农夫用眼角瞥了一眼魔鬼，发现他漆黑的脸吓得都发白了。

"这一看就是个蠢货！"农夫想。

"噢，别这样！"魔鬼叫道，"我们得罪过你吗？"

农夫装出一副坚决的样子，反复强调他偏要这么做。

"请听我说，"魔鬼恳求道，"如果你答应不打扰我们，我会给你带来一大袋金子，让你成为富翁。"

农夫是个精明人，起初他故作姿态，假装对钱毫不在乎。渐渐地，农夫仿佛被说服了，最后说："很好。如果你在一小时内把金子给我，我就打消这个念头。但别让我久等，没准我就会改变主意。"

年轻的魔鬼——啊，没有比他更蠢的年轻人了！还没到一个小时，他就气喘吁吁地拿着一大袋金子回来了。

"够了吗？"他问。

农夫一辈子也没见过这么多钱，他支支吾吾地说："嗯，虽然没有我想象的那么多，但就这样吧。"

年轻的魔鬼非常高兴，急忙回到地狱，告诉那些和他一样脸色黝黑的魔鬼同伴们，他们应该感谢他，因为农夫打算用树皮捆住魔鬼，是他把大家从农夫手上救了出来。

其他魔鬼听完了整个故事后，哄堂大笑，大家笑得都快喘不过气了。

"你可真是地狱里最愚蠢的魔鬼！"他们说，"那人把你给耍了！"

他们相互商量，认为魔鬼必须拿回那袋金子，否则传出去，世上的人就再也不怕魔鬼了。他们说："回到农夫那儿去，问他敢不敢和你比摔跤。告诉他，谁赢了金币就属于谁。"

于是，年轻的魔鬼又回到地上，问农夫敢不敢比赛摔跤。

农夫看穿了一切，说道："我亲爱的朋友，你这么年轻，我太强壮了，如果我和你比摔跤，恐怕会伤着你。应该让你和我的老祖父搏斗。他已经九十九岁了，但即使这样，他还跟你有得一拼。"

魔鬼同意了。狡猾无比的农夫把魔鬼带到森林的一个山洞里，那里有一只大棕熊正在呼呼大睡。

"那是我的祖父，"农夫说，"去把他叫醒，让他跟你比赛摔跤。"

魔鬼摇了摇熊说："醒醒，老头！醒醒！我们来比赛摔跤！"

棕熊睁开了小眼睛，站起身一把抱住魔鬼。魔鬼觉得自己骨头都快碎了。他拼尽全力挣扎，好不容易才死里逃生。

棕熊睁开了小眼睛

"啊，我可怜的肋骨！我可怜的肋骨！"当他安全回到地狱时，气喘吁吁地说，"太可怕了！那……那个农夫，为什么，就连他的老祖父也这么强壮，他快把我捏死了！"

但是当他讲完事情的来龙去脉后，其他魔鬼笑得更大声了，说农夫又骗了他。

"你得和他再干一场，"他们说，"这次你要和他赛跑，可别再让他糊弄了你。"

于是过了一两天，骨头不痛之后，魔鬼又回到了人间，问农夫敢不敢赛跑。

"当然可以，"农夫说，"但是你跟我比太不公平了，因为我跑得像风一样快。你和我小儿子比赛吧。他才一岁，兴许你能打败他。"

魔鬼同意了——这辈子从没见过比他更蠢的家伙！农夫带他去了一片草地，给他看了灌木丛下的一个兔子洞。

"我的小儿子在里面睡觉，"农夫说，"叫他出来。"

"小男孩！"魔鬼喊道，"出来和我赛跑吧！"

一只兔子立刻从洞里跳出来，蹦蹦跳跳地穿过草地。魔鬼拼了命想追上它，但就是追不上。他跑啊跑，最后来到一个幽深的峡谷。兔子跳了过去，但当魔鬼也想效仿的时候，他滑了一跤，滚到石头和荆棘上，滚啊滚，又滚到小溪里去了。当他艰难地从水里爬上来时，身上又青又肿，兔子早就不见了。

"我受够了，"魔鬼回到地狱后说，"你们知道吗？那个农夫有一个才一岁的小儿子，我跟你们说，你们谁也跑不过他！"

但是当魔鬼们听完事情的来龙去脉后，他们嘲笑着告诉这位可怜的同伴，农夫又骗了他。

"你得改天再去找他，"他们说，"决不能让人们以为魔鬼都是这样蠢钝不堪的傻瓜。"

"但我不敢再跟他比摔跤了，"年轻的魔鬼说，"也不敢赛跑。"

"这次试试吹口哨吧，"同伴们说，"你应该能打败他。现在你要动动脑筋，可别让他再耍着你玩了。"

于是魔鬼又回到人间，对农夫说："为了那袋金币，我们还得再来一场比赛。这次我们试试吹口哨吧。"

"很好，"农夫说，"来吧。"

他们走进森林，农夫让魔鬼先吹口哨。魔鬼吹了一声口哨，树上所有的叶子都抖了抖。他又吹了一声口哨，细嫩的枝条开始噼啪作响。第三次吹口哨，粗壮的树枝突然断裂，纷纷掉到了地上。

"瞧！"魔鬼大声说，"你能打败我吗？"

"可怜的孩子。"农夫说。（噢，他实在太狡猾了！）"这已经是你的极限了吗？嗬，我吹口哨的时候，如果不把耳朵捂起来，你就会被震聋！很可能一棵树会倒下来，把你压死！现在我可以开始了吗？"

"等一下！"魔鬼恳求道，"在开始之前，请你把我的耳朵蒙起来好吗？我不想变成聋子。"

农夫正等着魔鬼这句话。他拿出一块大头巾，蒙住魔鬼的耳朵，又蒙住他的眼睛，接着在后面紧紧地系了个结。

"现在开始！"他喊道，"当心！"

说着他吹起了口哨，一边吹着口哨，一边从地上捡起一根大树枝，狠狠地打了一下魔鬼的头。

"我的头！我的头！"魔鬼哭喊道。

"可怜的朋友！"农夫假惺惺地说，"希望那棵树倒下来没有伤着你！现在我又要吹口哨了，你要小心噢。"

这次吹口哨时，农夫更用力地打了魔鬼的头。

"够了！"魔鬼喊道，"又有一棵树倒在我身上了！停！住手！"

"不行，"农夫坚持说，"你吹了三次口哨，我也要吹三次。准备好了吗？"

可怜的魔鬼不得不说："好吧。"

于是农夫吹起了口哨，同时狠狠地揍了魔鬼一顿，魔鬼以为整座森林都倒在他身上了。

"别吹了！"他喊道，"住手，不然我就没命了！"

但是农夫不听，一直打到筋疲力尽，再也打不动了才停下来。然后他停顿了一下，问道："我再吹几声口哨好吗？"

"不！不！不！"魔鬼咆哮着，"解开头巾，放开我，我发誓再也不来了！"

农夫解下头巾，魔鬼疯了一样地逃跑了，他太害怕了，甚至不敢停下来看看周围那些倒下的树。他再也没有回来，那袋金子自然就归农夫所有了。

　　"我有这般好运气，多亏了老祖母，"农夫常常说，"是她教我用树皮把魔鬼捆起来的。"

魔鬼的小连襟：找不到工作的年轻人

从前有个年轻人叫彼得。他本是富农之子，但是父亲死后，继母抢走了遗产，让他净身出户。

"滚出去！现在就滚！"她喊道，"永远不要让我再见到你！"

"我该去哪儿呢？"彼得问。

魔鬼的小连襟

162

"见鬼去吧，我才不管呢!"继母喊道，砰的一声关上门。

彼得被赶出了一直生活的农场，十分难过，但他是个身强力壮的小伙子，做事勤奋，精力充沛，他认为自己可以轻松地闯出一片天地。

彼得跋涉到下一个村子，在一间高大的农舍前停下。一位农夫站在门口，啃着一大块黄油面包。

彼得恭恭敬敬地向农夫问好。

农夫嘴里塞得鼓鼓的，嘟囔着说："你来干吗?"

"我在找工作，"彼得说，"你们需要工人吗?"

彼得穿得很讲究，那是慈父给他的最后几件衣服。

农夫打量了他一下，冷笑起来："你以后会是一名好工人的! 吃饭肯定是第一名——我看出来了，剩下的时间你会花在打牌和调戏女仆上! 你们这种人我可算是太了解了!"

彼得试图告诉农夫自己勤劳稳重，但农夫不听，咒骂着让他见鬼去。然后他走进屋里，砰的一声把门甩在彼得脸上。

到了下一个村子，彼得去了地主管家的住处，想寻门差事。他敲了敲门，管家妻子应声而来。

"他现在正在和两个朋友打牌，"她说，"我进去问问他有没有什么事要你做。"

彼得听见她对里面的人说话，然后一个粗哑的声音吼道："不要！我告诉过你多少次，不要在我忙的时候打扰我！叫那家伙见鬼去吧！"

彼得不等管家妻子回复，就转身走了。他又累又气馁，沿着一条小路走进树林，坐了下来。

"天大地大，好像没有我的容身之处了，"他心想，"他们都叫我去见鬼——继母、农夫，现在是管家。要是我能找到去地狱的路，我早就去了。我相信魔鬼会比他们待我更好！"

就在这时，一位穿绿衣服的英俊绅士走过。彼得礼貌地向他问好。

那人从他身边走过，没有作答。然后他回头问彼得，为什么他看起来如此沮丧。

"原因可太多了，"彼得说，"不管我到哪里找工作，他们都叫我见鬼去吧。如果我知道去地狱的路，我想我就去了。"

陌生人笑了。

"那如果你看到了魔鬼，你不觉得害怕吗？"

彼得摇了摇头。

"他总不可能比我恶毒的继母和把我拒之门外的农夫和管家更坏吧。"

突然，陌生人浑身唰地一下变黑了。

"看我！"他喊道，"我就是你刚刚要找的魔鬼！"

彼得毫不畏惧，上下打量着魔鬼。

魔鬼表示，如果彼得还愿意为他效劳，他就收留彼得，而且工作很轻松，每天工作时间也不长，如果彼得照他说的去做，一定会过得很愉快。魔鬼答应收留他七年，七年过去，还会送他一份漂亮礼物，然后还他自由。

彼得和魔鬼握了握手，魔鬼抓住彼得的腰，把他带到空中，"唰！"彼得还没反应过来，他们就已经到了地狱。

魔鬼给彼得一条皮围裙，把他领进一个房间，里面有三口大锅。

"现在你负责，"魔鬼说，"看着这些锅下面的火。保证第一口锅下面四根柴，第二口锅八根柴，第三口锅十二根柴。当心别让火熄灭了。还有一件事，彼得，永远不能偷看锅里面是什么。如果你偷看了，我就把你撵走，一分钱也不给。别忘了！"

于是彼得踏上了为魔鬼打工之路。地狱的待遇比人间好得多，有时他甚至觉得自己仿佛在天堂，而非在地狱。地狱供他好吃好喝，而且，正如魔鬼所承诺的那样，工作并不繁重。

伙伴们是一群年轻的魔鬼学徒，一群快乐的、面色黝黑的人，他们讲滑稽的故事，玩有趣的恶作剧。

时光飞逝。彼得兢兢业业，从未掀开三口大锅的盖子。

最后，彼得开始思念人间了。有一天，他问魔鬼他的工作什么时候期满。

"明天，"魔鬼对他说，"七年就满了。"

第二天，彼得把新柴堆在锅底下的时候，魔鬼对他说："今天，彼得，你自由了。你忠心耿耿，服务周到，我会给你丰厚的报酬。钱太重了，你搬不动，所以我打算给你这个魔法袋。无论何时，你打开它说'我需要一些金币'，你需要多少，袋子里就会出现多少。祝你好运，彼得。不过，我觉得你刚回人间的日子可能不会很舒心，因为人们会认为你是个魔鬼。你已经七年没洗澡了，也没剪过头发和指甲，你现在看起来真的很黑。"

"这倒是真的，"彼得说，"我只记得我来这儿以后就没洗过澡。我一定要洗澡、剪头发、修指甲。"

魔鬼摇了摇头。

"不，彼得，洗澡不行。水洗不掉你身上的黑色污渍。我知道怎样才能帮你，但现在还不能告诉你。就这样回去吧，如果你有需要，就叫我。如果人们问你是谁，你就说你是魔鬼的小连襟。这不是玩笑。总有一天你会发现这是真的。"

彼得告别了所有面色黝黑的小学徒。魔鬼把他背起来，一眨眼就到了人间，把他放在森林里，也就是七年前他们相遇的地方。

魔鬼消失了，彼得把魔法袋塞进口袋，走到最近的村庄。

彼得的出现引起了一阵恐慌。一看到他，孩子们就尖叫着跑回家，大喊着："魔鬼！魔鬼来了！"

父母们都跑出家门，想看看是怎么回事，但一看到彼得，他们又跑回家，关上所有门窗，在胸前画十字，祈求护佑。

彼得继续向饭店走去。老板和老板娘站在门口。当彼得向他们走来时，他们吓得大叫起来："噢，主啊，求您赦免我们的罪。魔鬼来了！"

他们想逃跑，却被对方绊倒在地，还没来得及爬起来，彼得就站在他们面前。

彼特看了他们一会儿，笑了起来。他走进饭店坐下，说道："老板，给我拿杯酒！"

老板吓得直抖，跌跌撞撞地到地窖里取出一罐啤酒。然后他把在马厩里干活的小帮工叫了过来。

"伊瑞克，"他对男孩说，"把这啤酒送进去。有人在里面等着。他的模样有点奇怪，但你不必害怕。他不会伤害你的。"

伊瑞克拿起一罐啤酒，走了进去。他打开门，一看见彼得，就扔下啤酒逃走了。

老板生气地责骂他。

"你什么意思，"他喊道，"不仅没把啤酒献给这位先生，还把罐子也打碎了！钱就从你工资里扣！再去拿一罐，快去！"

伊瑞克害怕彼得，但他更害怕老板。他是个孤儿，孤苦伶仃，给老板干活，每年只挣三枚硬币。

于是他颤抖着取出一罐啤酒，一边向守护神祈祷，一边慢慢地拖着沉重的步伐进了饭店。

"好了，好了，孩子，"彼得亲切地叫道，"别怕。我不会伤害你。我不是魔鬼，只是他的小连襟。"

伊瑞克鼓起勇气，把啤酒放在彼得面前。然后他一动不动地站着，连眼都不敢抬。

彼得开始打听伊瑞克的情况，他是谁，干什么活，遭受了什么样的待遇。伊瑞克磕磕巴巴地讲出了自己的故事，讲着讲着他忘记了恐惧，忘记了彼得看上去像个魔鬼，不一会儿，他就像对朋友那样无拘无束地和彼得说话了。

彼得被这个孤儿的故事感动了，他掏出魔法袋，给伊瑞克的帽子装满金币。男孩高兴得手舞足蹈。然后，他跑到外面，给老板和围观的人展示这位奇怪先生送他的礼物。

"他说他不是魔鬼，"伊瑞克说，"他只是魔鬼的小连襟。"

饭店老板听说彼得头上没有角，也不会喷火之后，鼓起勇气走进去，求彼得也给他几枚金币。不过最后他得到的只是彼得的嘲笑。

这个夜晚，彼得就在饭店里度过了。就在他睡着的时候，有人摇了摇他的手。彼得睁开眼睛，看见他的老主人站在旁边。

"快！"魔鬼低声说，"起来，快到棚子里去！老板要谋财害命，杀了那孤儿。"

彼得跳下床，跑到伊瑞克睡觉的小屋。彼得一脚踹开门，看见老板拿着匕首，正准备刺向那个熟睡的男孩。

"你这罪人！"彼得喊道，"终于逮住你了！你马上跟我下地狱，永远在滚油里待着吧！"

老板吓晕了。彼得把不省人事的老板拖进屋里。他苏醒之后，跪在彼得面前求饶。老板说他可以把自己所拥有的一切都给彼得，并承诺以后再也不作恶，只求彼得再给一次机会。

最后彼得说："很好。再给你一次机会，从现在起，你要将伊瑞克视如己出，对他好点，送他上学。一旦你忘了诺言，虐待他，我就会过来带你下地狱！记住！"

老板时时刻刻都记着彼得的警告。从那晚起，他就变了一个人，再也不敢在做生意的时候偷奸耍滑，而且真的把伊瑞克视若己出。

彼得继续住在饭店，关于他和金币的故事开始在乡间流传。这片土地的王子听说了这个故事，便捎了信，说想在城堡里见他。彼得回答王子的信使说，如果王子想见他，可以到饭店来。

"王子是谁？"彼得问饭店老板，"为什么要见我？"

"可能想向你借些钱，"老板说，"他欠了一屁股债，因为他有两个世上最骄奢淫逸的女儿。她们是第一任妻子生的孩子，骄傲自大，挥金如土，浪费国家钱财。人们怨声载道，反对她们铺张浪费，但王子似乎对她们无可奈何。王子还有第三个女儿，是第二任妻子所生。她的名字叫安吉丽娜，当然，她也像天使一样美丽善良。我们叫她林卡公主。在这个国家，所有男人无不愿意为她赴汤蹈火——愿她平安！至于另外两个人，就让魔鬼抓走她们吧！"

老板突然想到了自己，惊慌地用手捂嘴。

彼得愉悦地笑了。

"没关系，老板。我不介意。我早就告诉过你了，我不是魔鬼，我只是他的小连襟。"

老板摇了摇头。

"是的，我知道，但是我必须说，在我看来这其实差不多。"

一天下午，王子骑马来到饭店，要见彼得。一开始，王子看到彼得的样子也吓坏了，但还是很有礼貌地与他会面，邀请他到城堡，最后提出想向他借一大笔钱。

彼得对王子说："如果你把其中一个女儿许配给我，你想要多少，我就给你多少。"

听到这要求，王子猝不及防，但他急需钱，于是他说："嗯，哪一个？"

"我不挑，"彼得回答说，"哪一个都行。"

彼得预支给王子一些钱，王子同意了，彼得答应第二天来城堡见他的准新娘。

王子回家后告诉女儿们自己看见了彼得。她们都好奇地打听彼得的外貌，问这个魔鬼连襟长得怎么样。

"其实也不怎么丑，"王子说，"真的不丑。如果他洗洗脸，剪剪头发，修修指甲，会相当帅气。其实我挺看好他的。"

然后，他非常严肃地和女儿们谈论国家的财政状况，要是他没办法在短期内筹到一大笔钱，人民就可能会揭竿而起，发动暴乱。

"女儿们，如果你们希望看到国家和平，如果你们想让我安享晚年，你们其中一个人就必须嫁给这个年轻人，因为我想不出别的办法来筹钱。"

两位年长的公主听到这话，轻蔑地把头一扬，放声大笑。

"亲爱的父亲，你想都别想，我们两个都不会嫁给这种人！我们是王子的女儿，才不会嫁给这种地位低贱的人，不，即使是为了拯救这个国家，也不可能！"

"那怎么办呢？"王子说。

"父亲，"最小的林卡脸色发白，低声颤抖着说，"父亲，如果您的幸福和国家的安宁取决于这桩婚事，我愿意牺牲我自己！"

"孩子！我的小宝贝！"王子喊道，他把林卡抱在怀里，温柔地吻了吻。

两个姐姐嘲笑不停。

"魔鬼的弟妹！"她们嘲弄地说，"如果你现在嫁给路西弗王子，那将是一件了不起的事，因为至少你将是一位公主！但现在，你只能做他的弟妹！哈哈哈哈！那算什么？"

她们开心地笑着，开着恶毒的玩笑，可怜的小林卡不得不用手捂住耳朵，免得听见她们的污言秽语。

第二天，彼得来到了城堡。姐姐们看到他这么黑，非常高兴之前拒绝了这桩亲事。至于林卡，她一看见彼得就晕了过去。

林卡苏醒后，王子把她领到彼得跟前，把她的手交给了彼得。林卡剧烈地颤抖着，手冰凉得像大理石一样。

"别害怕，小公主，"彼得温柔地轻声说，"我知道自己看起来有多糟糕。但也许我不会一直那么丑。我向你保证，如果你嫁给我，我会永远深爱你。"

听到彼得悦耳的声音，林卡感到十分安慰，但每次一看到他，她就又害怕起来。

彼得见此，便加快了行程。彼得给了王子所需的钱，商量好八天后回来参加婚礼，然后匆匆离开了。

彼得到了第一次遇见魔鬼的地方，用尽全身力气叫他的名字。

刹那间，魔鬼出现了。

"你想要什么，小连襟？"

"我想变回之前的样子，"彼得说，"娶一位可爱的小公主，让这个可怜的姑娘每次看到我就晕倒，这对我有什么好处呢？"

"很好，妹夫。如果你是这么想的，跟我来吧，我很快就会把你变成一个英俊的小伙子。"

彼得跳上魔鬼的背，他们飞过群山、森林和遥远的国度，在一片密林里降落，旁边是咕咚咕咚冒着泡的泉水。

"现在，小妹夫，"魔鬼说，"在这水里洗一洗，看看你会变得多么英俊。"

彼得脱掉衣服，跳进水里。沐浴完毕，他的皮肤像女孩一样美丽洁净。彼得看着自己泉中的倒影，非常高兴，就对魔鬼说："姐夫，太感谢了，比起钱，我更喜欢这个。现在我亲爱的林卡会爱我的！"

他伸出双臂，抱住魔鬼的脖子，他们又飞走了。这次他们来到一个大城市，彼得在那里购置了许多漂亮衣服、珠宝、马车和马，又雇用了许多衣着华丽的仆人，因此，当彼得准备去见他的新娘时，他的仪仗队跟任何王子都有得一拼。

城堡里，林卡公主脸色苍白，浑身发抖地在房间里踱步。两个姐姐和她在一起，没心没肺地笑着，开着恶毒的玩笑，时不时地跑到窗口去看新郎是不是来了。

最后，她们看见远处有一长列衣着华丽的警卫和豪华马车。马车在城堡门口停下，第一辆车上下来一个打扮得像王子的英俊青年。他匆匆走进城堡，径直跑到楼上林卡的房间。

起初，林卡不敢看他，以为他仍然漆黑无比。彼得拉着林卡的手，低声说："亲爱的林卡，现在，看着我，你不会再害怕的。"林卡抬头看了看，觉得彼得是世界上最英俊的小伙子，对他一见钟情，从那时起她便爱上了他。

两个姐姐站在窗前，定住了身，又嫉妒又惊奇。突然，两位公主感到有人从背后抓住了她们。她们吓得转过身来，来人正是路西弗王子。

"别害怕，我亲爱的新娘们，"他说，"我不是普通人。我是路西弗王子。所以，成为我的新娘并不会拉低你们的档次！"

然后他转向彼得，咯咯地笑了起来。

"彼得，现在你明白为什么你是我的妹夫了吧。你娶妹妹，我娶另外两个！"说着，他把那两个坏姐姐抱在怀里。噗！一股硫黄味散开，他们三个穿过天花板消失了。

林卡公主紧紧地抱住她年轻的丈夫，有点害怕地问道："彼得，你认为我们会经常见到姐夫吗?"

"如果你是一位好妻子，那就不会。"彼得说。

当我告诉你她这辈子再也没有见过魔鬼的时候，你自然就会明白，林卡是一位多么好的妻子了。

鞋匠的围裙：坐在金门边的人

从前有个鞋匠，生意惨淡，妻子受苦，孩子挨饿。鞋匠在绝望中煎熬，主动提出要把灵魂卖给魔鬼。

魔鬼问："你的灵魂值多少钱？"

鞋匠答："我需要足够的工作，让我丰衣足食。妻子不跟着受罪，孩子们免受饥饿之苦。"

魔鬼同意了，鞋匠也在契约书上按了手印。此后，鞋匠的生意蒸蒸日上，很快，他的日子便过得非常滋润。

一天晚上，耶稣和圣彼得碰巧在人间闲逛，最后在鞋匠的小屋前停了下来，请求借宿一晚。鞋匠非常热情地接待了他们，他让妻子做了一顿丰盛的晚餐。晚饭后，他将自己的床让给了客人们，自己和妻子则睡在阁楼里的稻草上。

次日早晨，鞋匠又让妻子准备了一顿美味的早餐。用饭后，鞋匠又领着他们走了几里路。

鞋匠准备离开时，圣彼得低声对耶稣说："先生，这可怜人把他最好的东西给了我们。难道您不认为应该奖赏他吗?"

耶稣点点头，转身对鞋匠说:"为了报答你的热情周到，我可以实现你的三个愿望。"

鞋匠感谢耶稣，然后说:"那么，我的愿望是:第一，愿坐在我补鞋凳上的人，无法站起来，直到我放了他;第二，愿站在我小屋窗户旁往里看的人，无法离开，直到我让他走;第三，凡是摇我园中梨树的人，愿他永远粘在树上，直到我让他自由。"

"你的愿望会实现的。"耶稣承诺。然后耶稣和圣彼得继续他们的旅程，鞋匠则回到了他的小屋。

"我可以实现你的三个愿望"

岁月流逝，终于有一天下午，魔鬼站在鞋匠面前，说："嘿，鞋匠，你寿命已尽！准备好上路了吗？"

"先让我吃口晚饭吧，"鞋匠说，"这段时间，你可以坐在我的凳子上休息一下。"

魔鬼从日出开始，便在地上来回奔波，此刻已是疲惫不堪，他很高兴能坐下来休息。

晚饭后，鞋匠说："现在我准备好了，走吧。"

魔鬼想站起来，当然他站不起来。他左拉右扯，在地上打着滚，骨头都开始疼了，但这一切都无济于事。他无法从凳子上站起来。

"兄弟！"他惊恐地叫道，"帮我摆脱这张该死的凳子，我再给你七年——我发誓！"

得到了应许，鞋匠放了魔鬼，魔鬼用尽全身力气，仓皇而逃。

魔鬼说话算数。七年没有再来。等七年过去，魔鬼又出现了，这回他很聪明，不敢冒险再坐在鞋匠的凳子上。他甚至没敢踏进小屋的门，只是站在窗前喊道："嘿，鞋匠，我又来了！你的日子到头了！准备好上路了吗？"

"马上就好，"鞋匠说，"让我给鞋缝上最后一针。"

鞋匠缝完鞋后，放下手头的活，跟妻子告别，对魔鬼说："现在，我准备好了。我们走吧。"

　　但是当魔鬼想要离开的时候，他发现自己被紧紧地定住了，双脚仿佛被焊在了地上。他吓得大叫起来："啊，亲爱的鞋匠，救救我！我动不了！"

　　"开什么玩笑？"鞋匠说，"现在我准备好了，而你没有！你这样愚弄我是什么意思？"

　　"只要你让我走，"魔鬼叫道，"我愿意为你做任何事！我再给你七年！我发誓！"

　　"很好，"鞋匠说，"这次我会帮你。但没有下次了！记住：我不会让你耍我三次！"

　　于是鞋匠释放了窗边的魔鬼，魔鬼二话没说便匆匆离开了。

　　又过了七年，魔鬼再次出现了。

　　这回他也十分聪明，没有站在窗外往里看，甚至都没有靠近小屋。魔鬼站在花园里的梨树下，大声喊道："嘿，鞋匠！时候到了，我来接你！准备好了吗？"

　　"马上，"鞋匠说，"等我收拾好工具。你可以摇下一个美味的熟梨尝尝鲜。"

　　魔鬼摇了摇梨树，当然，他控制不住自己的手，摇啊摇，所有的梨都掉了下来。魔鬼继续摇，不一会儿所有的叶子都掉了。

　　当鞋匠出来时，看到那棵梨树光秃秃的，魔鬼还在摇，他假装勃然大怒。

"喂，你在那边干什么！把我所有的梨都摇下来是什么意思？住手！你听到了吗？住手！"

"可我停不下来！"可怜的魔鬼哭了。

"看我不好好收拾你！"鞋匠说。

他跑回小屋，拿了一根长长的皮带，然后开始无情地抽打魔鬼的头和肩膀。

魔鬼痛得大喊大叫，全村人都听见了他的喊声，跑过来看看怎么回事。

"救命！救命！"魔鬼叫道，"让鞋匠住手！"

但所有人都认为鞋匠的做法无可非议，因为那个漆黑的家伙把所有的梨都摇了下来，他们催促着鞋匠再揍得狠一点。

"我可怜的脑袋！我可怜的肩膀！"魔鬼呻吟道，"如果我能从这棵该死的梨树上解脱出来，我就再也不来了！我发誓！"

鞋匠听到这话，暗自偷笑，放走了魔鬼。

魔鬼说到做到，再也没有回来。于是鞋匠无忧无虑地活到了晚年。

就在鞋匠咽气前一刻，他要求让自己的围裙陪葬，儿子们实现了他的愿望。

鞋匠一去世，就迈着沉重的步子来到天堂，胆怯地敲了敲金门。

圣彼得把门打开，露出一条缝，向外张望。看到鞋匠，他摇了摇头说："鞋匠，天堂不适合你。你活着的时候，把灵魂卖给了另一个地方的统治者，现在你必须去那里。"

说着，圣彼得关上了金门，还锁上了。

鞋匠叹了口气，自言自语道："好吧，那我只好去地狱了。"

于是他装出一副勇敢的样子，迈着沉重的步子下了地狱。认识鞋匠的魔鬼看见他来，就对同伴们喊道："兄弟们，当心！那个可怕的鞋匠来了！把每扇门都锁好了！别让他进来，否则他会把我们都赶出地狱的！"

魔鬼们吓得四处乱窜，把所有门都锁上了，鞋匠吃了闭门羹。

鞋匠敲了又敲，无人应答。

"他们好像不欢迎我，"鞋匠自言自语道，"我想我得再去天堂试试。"

于是，鞋匠步履艰难地回到天堂，对圣彼得解释说，地狱大门紧闭。

"没办法，"圣彼得说，"我之前已经说过，天堂不适合你。"

鞋匠疲惫不堪，垂头丧气，又下了地狱。魔鬼们见他又来了，又把所有门都锁上，将他拒之门外。

绝望中，鞋匠回到了天堂，大声砰砰地敲着金门。

听见如此震耳欲聋的声响，圣彼得以为有个重量级圣人来了，他猛地打开大门。鞋匠飞快地把皮围裙扔了进去，自己纵身一跃，从圣彼得手肘下钻了进去，蹲坐在围裙上。

圣彼得火冒三丈，想把他赶出天堂，可鞋匠喊道："你不能碰我！你不能碰我！我坐在我自己的财物上！别管我！"

鞋匠大声喊叫，众天使和圣徒都跑来围观。不久，耶稣亲自来了，鞋匠向他解释说，他只能待在天堂，因为魔鬼不让他下地狱。

"现在，先生，"圣彼得说，"我该怎么办？您也知道，我们不能把这个人留在天堂。"

但是耶稣怜悯地看着这个可怜的鞋匠，对圣彼得说："就让他待在原地吧。他坐在金门附近，不会打扰任何人。"